KiWi 435

Heinrich Böll

Dr. Murkes
gesammeltes Schweigen

und andere Satiren

Kiepenheuer & Witsch

© 1958, 1987, 1994, 1996 by Verlag Kiepenheuer & Witsch, Köln
Alle Rechte vorbehalten. Kein Teil des Werkes darf in irgendeiner Form
(durch Fotografie, Mikrofilm oder ein anderes Verfahren) ohne schriftliche
Genehmigung des Verlages reproduziert oder unter Verwendung
elektronischer Systeme verarbeitet werden.
Umschlaggestaltung Philipp Stark, Hamburg
Umschlagfoto Archiv für Kunst und Geschichte Berlin
Satz Otto Gutfreund GmbH, Darmstadt
Druck und Bindearbeiten Clausen & Bosse, Leck
ISBN 3-462-02581-3

Inhalt

Doktor Murkes gesammeltes Schweigen

Jeden Morgen, wenn er das Funkhaus betreten hatte, unterzog sich Murke einer existentiellen Turnübung: er sprang in den Paternosteraufzug, stieg aber nicht im zweiten Stockwerk, wo sein Büro lag, aus, sondern ließ sich höher tragen, am dritten, am vierten, am fünften Stockwerk vorbei, und jedesmal befiel ihn Angst, wenn die Plattform der Aufzugskabine sich über den Flur des fünften Stockwerks hinweg erhob, die Kabine sich knirschend in den Leerraum schob, wo geölte Ketten, mit Fett beschmierte Stangen, ächzendes Eisenwerk die Kabine aus der Aufwärts- in die Abwärtsrichtung schoben, und Murke starrte voller Angst auf diese einzige unverputzte Stelle des Funkhauses, atmete auf, wenn die Kabine sich zurechtgerückt, die Schleuse passiert und sich wieder eingereiht hatte und langsam nach unten sank, am fünften, am vierten, am dritten Stockwerk vorbei; Murke wußte, daß seine Angst unbegründet war: selbstverständlich würde nie etwas passieren, es konnte gar nichts passieren, und wenn etwas passierte, würde er im schlimmsten Falle gerade oben sein, wenn der Aufzug zum Stillstand kam, und würde eine Stunde, höchstens zwei dort oben eingesperrt sein. Er hatte immer ein Buch in der Tasche, immer Zigaretten mit; doch seit das Funkhaus stand, seit drei Jahren, hatte der Aufzug noch nicht einmal versagt. Es kamen Tage, an denen er nachgesehen wurde, Tage, an denen Murke auf diese viereinhalb Sekunden Angst verzichten mußte, und er war an diesen Tagen gereizt und unzufrieden, wie Leute, die kein Frühstück gehabt haben. Er brauchte diese Angst, wie andere ihren Kaffee, ihren Haferbrei oder ihren Fruchtsaft brauchen.

Wenn er dann im zweiten Stock, wo die Abteilung Kulturwort untergebracht war, vom Aufzug absprang, war er heiter und gelassen, wie eben jemand heiter und gelassen ist, der seine Arbeit liebt und versteht. Er schloß die Tür zu seinem Büro auf, ging langsam zu seinem Sessel, setzte sich und steckte eine Zigarette an: er war immer der erste im Dienst. Er war jung, intelligent und liebenswürdig, und selbst seine Arroganz, die manchmal kurz aufblitzte, selbst diese verzieh man ihm, weil man wußte, daß er Psychologie studiert und mit Auszeichnung promoviert hatte.

*

Nun hatte Murke seit zwei Tagen aus einem besonderen Grund auf sein Angstfrühstück verzichtet: er hatte schon um acht ins Funkhaus kommen, gleich in ein Studio rennen und mit der Arbeit beginnen müssen, weil er vom Intendanten den Auftrag erhalten hatte, die beiden Vorträge über das Wesen der Kunst, die der große Bur-Malottke auf Band gesprochen hatte, den Anweisungen Bur-Malottkes gemäß zu schneiden. Bur-Malottke, der in der religiösen Begeisterung des Jahres 1945 konvertiert hatte, hatte plötzlich »über Nacht«, so sagte er, »religiöse Bedenken bekommen«, hatte sich »plötzlich angeklagt gefühlt, an der religiösen Überlagerung des Rundfunks mitschuldig zu sein«, und war zu dem Entschluß gekommen, Gott, den er in seinen beiden halbstündigen Vorträgen über das Wesen der Kunst oft zitiert hatte, zu streichen und durch eine Formulierung zu ersetzen, die mehr der Mentalität entsprach, zu der er sich vor 1945 bekannt hatte; Bur-Malottke hatte dem Intendanten vorgeschlagen, das Wort Gott durch die Formulierung »jenes höhere Wesen, das wir verehren« zu ersetzen, hatte sich aber geweigert, die Vorträge neu zu sprechen, sondern darum gebeten, Gott aus den Vorträgen herauszuschneiden und »jenes höhere Wesen, das wir verehren« hineinzukleben. Bur-Malottke war mit dem Intendanten befreundet, aber nicht

diese Freundschaft war die Ursache für des Intendanten Ent-
gegenkommen: Bur-Malottke widersprach man einfach
nicht. Er hatte zahlreiche Bücher essayistisch-philoso-
phisch-religiös-kulturgeschichtlichen Inhalts geschrieben, er
saß in der Redaktion von drei Zeitschriften und zwei Zeitungen, er war Cheflektor des größten Verlages. Er hatte sich
bereit erklärt, am Mittwoch für eine Viertelstunde ins Funkhaus zu kommen und »jenes höhere Wesen, das wir verehren«, so oft auf Band zu sprechen, wie Gott in seinen Vorträgen vorkam. Das übrige überließ er der technischen Intelli-
genz der Funkleute.

*

Es war für den Intendanten schwierig gewesen, jemanden zu
finden, dem er diese Arbeit zumuten konnte; es fiel ihm
zwar Murke ein, aber die Plötzlichkeit, mit der ihm Murke
einfiel, machte ihn mißtrauisch – er war ein vitaler und ge-
sunder Mann –, und so überlegte er fünf Minuten, dachte an
Schwendling, an Humkoke, an Fräulein Broldin, kam aber
doch wieder auf Murke. Der Intendant mochte Murke nicht;
er hatte ihn zwar sofort engagiert, als man es ihm vorschlug,
er hatte ihn engagiert, so wie ein Zoodirektor, dessen Liebe
eigentlich den Kaninchen und Rehen gehört, natürlich auch
Raubtiere anschafft, weil in einen Zoo eben Raubtiere gehö-
ren – aber die Liebe des Intendanten gehörte eben doch den
Kaninchen und Rehen, und Murke war für ihn eine intellek-
tuelle Bestie. Schließlich siegte seine Vitalität, und er beauf-
tragte Murke, Bur-Malottkes Vortrag zu schneiden. Die beiden Vorträge waren am Donnerstag und Freitag im Pro-
gramm, und Bur-Malottkes Gewissensbedenken waren in
der Nacht von Sonntag auf Montag gekommen – und man
hätte ebensogut Selbstmord begehen können, wie Bur-Malottke zu widersprechen, und der Intendant war viel zu vital,
um an Selbstmord zu denken.

So hatte Murke am Montagnachmittag und am Dienstagmorgen dreimal die beiden halbstündigen Vorträge über das Wesen der Kunst abgehört, hatte Gott herausgeschnitten und in den kleinen Pausen, die er einlegte, während er stumm mit dem Techniker eine Zigarette rauchte, über die Vitalität des Intendanten und über das niedrige Wesen, das Bur-Malottke verehrte, nachgedacht. Er hatte nie eine Zeile von Bur-Malottke gelesen, nie zuvor einen Vortrag von ihm gehört. Er hatte in der Nacht von Montag auf Dienstag von einer Treppe geträumt, die so hoch und so steil war wie der Eiffelturm, und er war hinaufgestiegen, hatte aber bald gemerkt, daß die Treppenstufen mit Seife eingeschmiert waren, und unten stand der Intendant und rief: »Los, Murke, los ... zeigen Sie, was Sie können ... los!« In der Nacht von Dienstag auf Mittwoch war der Traum ähnlich gewesen: er war ahnungslos auf einem Rummelplatz zu einer Rutschbahn gegangen, hatte dreißig Pfennig an einen Mann bezahlt, der ihm bekannt vorkam, und als er die Rutschbahn betrat, hatte er plötzlich gesehen, daß sie mindestens zehn Kilometer lang war, hatte gewußt, daß es keinen Weg zurück gab, und ihm war eingefallen, daß der Mann, dem er die dreißig Pfennig gegeben hatte, der Intendant war. – An den beiden Morgen nach diesen Träumen hatte er das harmlose Angstfrühstück oben im Leerraum des Paternosters nicht mehr gebraucht.

*

Jetzt war Mittwoch, und er hatte in der Nacht nichts von Seife, nichts von Rutschbahnen, nichts von Intendanten geträumt. Er betrat lächelnd das Funkhaus, stieg in den Paternoster, ließ sich bis in den sechsten Stock tragen – viereinhalb Sekunden Angst, das Knirschen der Ketten, die unverputzte Stelle –, dann ließ er sich bis zum vierten Stock hinuntertragen, stieg aus und ging auf das Studio zu, wo er mit Bur-

Malottke verabredet war. Es war zwei Minuten vor zehn, als er sich in den grünen Sessel setzte, dem Techniker zuwinkte und sich seine Zigarette anzündete. Er atmete ruhig, nahm einen Zettel aus der Brusttasche und blickte auf die Uhr: Bur-Malottke war pünktlich, jedenfalls ging die Sage von seiner Pünktlichkeit; und als der Sekundenzeiger die sechzigste Minute der zehnten Stunde füllte, der Minutenzeiger auf die Zwölf, der Stundenzeiger auf die Zehn rutschte, öffnete sich die Tür, und Bur-Malottke trat ein. Murke erhob sich, liebenswürdig lächelnd, ging auf Bur-Malottke zu und stellte sich vor. Bur-Malottke drückte ihm die Hand, lächelte und sagte: »Na, dann los!« Murke nahm den Zettel vom Tisch, steckte die Zigarette in den Mund und sagte, vom Zettel ablesend, zu Bur-Malottke: »In den beiden Vorträgen kommt Gott genau siebenundzwanzigmal vor – ich müßte Sie also bitten, siebenundzwanzigmal das zu sprechen, was wir einkleben können. Wir wären Ihnen dankbar, wenn wir Sie bitten dürften, es fünfunddreißigmal zu sprechen, da wir eine gewisse Reserve beim Kleben werden gebrauchen können.«

»Genehmigt«, sagte Bur-Malottke lächelnd und setzte sich.

»Eine Schwierigkeit allerdings«, sagte Murke, »ist folgende: bei dem Wort Gott, so ist es jedenfalls in Ihrem Vortrag, wird, abgesehen vom Genitiv, der kasuale Bezug nicht deutlich, bei ›jenem höheren Wesen, das wir verehren‹, muß er aber deutlich gemacht werden. Wir haben« – er lächelte liebenswürdig zu Bur-Malottke hin – »insgesamt nötig: zehn Nominative und fünf Akkusative, fünfzehnmal also: ›jenes höheren Wesens, das wir verehren‹ – fünf Dative: ›jenem höheren Wesen, das wir verehren‹ – es bleibt noch ein Vokativ, die Stelle, wo Sie: ›o Gott‹ sagen. Ich erlaube mir, Ihnen vorzuschlagen, daß wir es beim Vokativ belassen, und Sie sprechen: ›O du höheres Wesen, das wir verehren!‹«

Bur-Malottke hatte offenbar an diese Komplikationen nicht gedacht; er begann zu schwitzen, die Kasualverschiebung machte ihm Kummer. Murke fuhr fort: »Insgesamt«, sagte er liebenswürdig und freundlich, »werden wir für die siebenundzwanzig neugesprochenen Sätze eine Sendeminute und zwanzig Sekunden benötigen, während das siebenundzwanzigmalige Sprechen von ›Gott‹ nur zwanzig Sekunden Sprechzeit erfordert. Wir müssen also zugunsten Ihrer Veränderung aus jedem Vortrag eine halbe Minute streichen.« Bur-Malottke schwitzte heftiger; er verfluchte sich innerlich selbst seiner plötzlichen Bedenken wegen und fragte: »Geschnitten haben Sie schon, wie?«

»Ja«, sagte Murke, zog eine blecherne Zigarettenschachtel aus der Tasche, öffnete sie und hielt sie Bur-Malottke hin: es waren kurze, schwärzliche Tonbandschnippel in der Schachtel, und Murke sagte leise: »Siebenundzwanzigmal Gott, von Ihnen gesprochen. Wollen Sie sie haben?«

»Nein«, sagte Bur-Malottke wütend, »danke. Ich werde mit dem Intendanten wegen der beiden halben Minuten sprechen. Welche Sendungen folgen auf meine Vorträge?«

»Morgen«, sagte Murke, »folgt Ihrem Vortrag die Routinesendung *Internes aus KUV*, eine Sendung, die Dr. Grehm redigiert.«

»Verflucht«, sagte Bur-Malottke, »Grehm wird nicht mit sich reden lassen.«

»Und übermorgen«, sagte Murke, »folgt Ihrem Vortrag die Sendung *Wir schwingen das Tanzbein.*«

»Huglieme«, stöhnte Bur-Malottke, »noch nie hat die Abteilung Unterhaltung an die Kultur auch nur eine Fünftelminute abgetreten.«

»Nein«, sagte Murke, »noch nie, jedenfalls« – und er gab seinem jungen Gesicht den Ausdruck tadelloser Bescheidenheit –, »jedenfalls noch nie, solange ich in diesem Hause arbeite.«

»Schön«, sagte Bur-Malottke und blickte auf die Uhr, »in zehn Minuten wird es wohl vorüber sein, ich werde dann mit dem Intendanten wegen der Minute sprechen. Fangen wir an. Können Sie mir Ihren Zettel hierlassen?«

»Aber gern«, sagte Murke, »ich habe die Zahlen genau im Kopf.«

Der Techniker legte die Zeitung aus der Hand, als Murke in die kleine Glaskanzel kam. Der Techniker lächelte. Murke und der Techniker hatten während der sechs Stunden am Montag und Dienstag, als sie Bur-Malottkes Vorträge abgehört und daran herumgeschnitten hatten, nicht ein einziges privates Wort miteinander gesprochen; sie hatten sich nur hin und wieder angesehen, das eine Mal hatte der Techniker Murke, das andere Mal Murke dem Techniker die Zigarettenschachtel hingehalten, wenn sie eine Pause machten, und als Murke jetzt den Techniker lächeln sah, dachte er: Wenn es überhaupt Freundschaft auf dieser Welt gibt, dann ist dieser Mann mein Freund. Er legte die Blechschachtel mit den Schnippeln aus Bur-Malottkes Vortrag auf den Tisch und sagte leise: »Jetzt geht es los.« Er schaltete sich ins Studio und sagte ins Mikrofon: »Das Probesprechen können wir uns sicher sparen, Herr Professor. Am besten fangen wir gleich an: ich darf Sie bitten, mit den Nominativen zu beginnen.«

Bur-Malottke nickte, Murke schaltete sich aus, drückte auf den Knopf, der drinnen im Studio das grüne Licht zum Leuchten brachte, dann hörten sie Bur-Malottkes feierliche, wohlakzentuierte Stimme sagen: »Jenes höhere Wesen, das wir verehren – jenes höhere Wesen...«

Bur-Malottkes Lippen wölbten sich der Schnauze des Mikrofons zu, als ob er es küssen wollte, Schweiß lief über sein Gesicht, und Murke beobachtete durch die Glaswand hindurch kaltblütig, wie Bur-Malottke sich quälte; dann schaltete er plötzlich Bur-Malottke aus, brachte das ablaufende

Band, das Bur-Malottkes Worte aufnahm, zum Stillstand und weidete sich daran, Bur-Malottke stumm wie einen dikken, sehr schönen Fisch hinter der Glaswand zu sehen. Er schaltete sich ein, sagte ruhig ins Studio hinein: »Es tut mir leid, aber unser Band war defekt, und ich muß Sie bitten, noch einmal von vorne mit den Nominativen zu beginnen.« Bur-Malottke fluchte, aber es waren stumme Flüche, die nur er selbst hörte, denn Murke hatte ihn ausgeschaltet, schaltete ihn erst wieder ein, als er angefangen hatte, »jenes höhere Wesen...« zu sagen. Murke war zu jung, hatte sich zu gebildet gefühlt, um das Wort Haß zu mögen. Hier aber, hinter der Glaswand, während Bur-Malottke seine Genitive sprach, wußte er plötzlich, was Haß ist: er haßte diesen großen, dicken und schönen Menschen, dessen Bücher in zwei Millionen und dreihundertfünfzigtausend Kopien in Bibliotheken, Büchereien, Bücherschränken und Buchhandlungen herumlagen, und er dachte nicht eine Sekunde daran, diesen Haß zu unterdrücken. Murke schaltete sich, nachdem Bur-Malottke zwei Genitive gesprochen hatte, wieder ein, sagte ruhig: »Verzeihung, daß ich Sie unterbreche: die Nominative waren ausgezeichnet, auch der erste Genitiv, aber bitte, vom zweiten Genitiv ab noch einmal; ein wenig weicher, ein wenig gelassener, ich spiel es Ihnen mal rein.« Und er gab, obwohl Bur-Malottke heftig den Kopf schüttelte, dem Techniker ein Zeichen, das Band ins Studio zu spielen. Sie sahen, daß Bur-Malottke zusammenzuckte, noch heftiger schwitzte, sich dann die Ohren zuhielt, bis das Band durchgelaufen war. Er sagte etwas, fluchte, aber Murke und der Techniker hörten ihn nicht, sie hatten ihn ausgeschaltet. Kalt wartete Murke, bis er von Bur-Malottkes Lippen ablesen konnte, daß er wieder mit dem höheren Wesen begonnen hatte, er schaltete Mikrofon und Band ein, und Bur-Malottke fing mit den Dativen an: »Jenem höheren Wesen, das wir verehren«.

Nachdem er die Dative gesprochen hatte, knüllte er Murkes Zettel zusammen, erhob sich, in Schweiß gebadet und zornig, wollte zur Tür gehen; aber Murkes sanfte, liebenswürdige junge Stimme rief ihn zurück. Murke sagte: »Herr Professor, Sie haben den Vokativ vergessen.« Bur-Malottke warf ihm einen haßerfüllten Blick zu und sprach ins Mikrofon: »O du höheres Wesen, das wir verehren!«

Als er hinausgehen wollte, rief ihn abermals Murkes Stimme zurück. Murke sagte: »Verzeihen Sie, Herr Professor, aber in dieser Weise gesprochen, ist der Satz unbrauchbar.«

»Um Gottes willen«, flüsterte ihm der Techniker zu, »übertreiben Sie's nicht.«

Bur-Malottke war mit dem Rücken zur Glaskanzel an der Tür stehengeblieben, als sei er durch Murkes Stimme festgeklebt.

Er war, was er noch nie gewesen war: er war ratlos, und diese so junge, liebenswürdige, so maßlos intelligente Stimme peinigte ihn, wie ihn noch nie etwas gepeinigt hatte. Murke fuhr fort:

»Ich kann es natürlich so in den Vortrag hineinkleben, aber ich erlaube mir, Sie darauf aufmerksam zu machen, Herr Professor, daß es nicht gut wirken wird.«

Bur-Malottke drehte sich um, ging wieder zum Mikrofon zurück und sagte leise und feierlich:

»O du höheres Wesen, das wir verehren.«

*

Ohne sich nach Murke umzusehen, verließ er das Studio. Es war genau Viertel nach zehn, und er stieß in der Tür mit einer jungen, hübschen Frau zusammen, die Notenblätter in der Hand hielt. Die junge Frau war rothaarig und blühend, sie ging energisch zum Mikrofon, drehte es, rückte den

Tisch zurecht, so daß sie frei vor dem Mikrofon stehen konnte.

In der Glaskanzel unterhielt sich Murke eine halbe Minute mit Huglieme, dem Redakteur der Unterhaltungsabteilung. Huglieme sagte, indem er auf die Zigarettenschachtel deutete: »Brauchen Sie das noch?« Und Murke sagte: »Ja, das brauche ich noch.« Drinnen sang die rothaarige junge Frau: »Nimm meine Lippen, so wie sie sind, und sie sind schön.« Huglieme schaltete sich ein und sagte ruhig ins Mikrofon: »Halt doch bitte noch für zwanzig Sekunden die Fresse, ich bin noch nicht ganz so weit.« Die junge Frau lachte, schürzte den Mund und sagte: »Du schwules Kamel.« Murke sagte zum Techniker: »Ich komme also um elf, dann schnippeln wir's auseinander und kleben es rein.«

»Müssen wir's nachher auch noch abhören?« fragte der Techniker. »Nein«, sagte Murke, »nicht um eine Million Mark höre ich es noch einmal ab.«

Der Techniker nickte, legte das Band für die rothaarige Sängerin ein, und Murke ging.

Er steckte eine Zigarette in den Mund, ließ sie unangezündet und ging durch den rückwärtigen Flur auf den zweiten Paternoster zu, der an der Südseite lag und zur Kantine hinunterführte. Die Teppiche, die Flure, die Möbel und Bilder, alles reizte ihn. Es waren schöne Teppiche, schöne Flure, schöne Möbel und geschmackvolle Bilder, aber er hatte plötzlich den Wunsch, das kitschige Herz-Jesu-Bildchen, das seine Mutter ihm geschickt hatte, hier irgendwo an der Wand zu sehen. Er blieb stehen, blickte um sich, lauschte, zog das Bildchen aus der Tasche und klemmte es zwischen Tapete und Türfüllung an die Tür des Hilfsregisseurs der Hörspielabteilung. Das Bildchen war bunt, grell, und unter der Abbildung des Herzens Jesu war zu lesen: *Ich betete für Dich in Sankt Jacobi*.

Murke ging weiter, stieg in den Paternoster und ließ sich

nach unten tragen. Auf dieser Seite des Funkhauses waren die Schrörschnauzaschenbecher, die beim Preisausschreiben um die besten Aschenbecher den ersten Preis bekommen hatten, schon angebracht. Sie hingen neben den erleuchteten roten Zahlen, die das Stockwerk angaben: eine rote Vier, ein Schrörschnauzaschenbecher, eine rote Drei, ein Schrörschnauzaschenbecher, eine rote Zwei, ein Schrörschnauzaschenbecher. Es waren schöne, aus Kupfer getriebene, muschelförmige Aschenbecher, deren Stütze irgendein aus Kupfer getriebenes, originelles Meeresgewächs war: knotige Algen – und jeder Aschenbecher hatte zweihundertachtundfünfzig Mark und siebenundsiebzig Pfennig gekostet. Sie waren so schön, daß Murke noch nie den Mut gehabt hatte, sie mit seiner Zigarettenasche oder gar mit etwas Unästhetischem wie einer Kippe zu verunreinigen. Allen anderen Rauchern schien es ähnlich zu gehen – leere Zigarettenschachteln, Kippen und Asche lagen immer unter den schönen Aschenbechern auf dem Boden: niemand schien den Mut zu finden, diese Aschenbecher wirklich als solche zu benutzen; kupfern waren sie, blank und immer leer.

Murke sah schon den fünften Aschenbecher neben der rot erleuchteten Null auf sich zukommen, die Luft wurde wärmer, es roch nach Speisen, Murke sprang ab und taumelte in die Kantine. In der Ecke saßen drei freie Mitarbeiter an einem Tisch. Eierbecher, Brotteller und Kaffeekannen standen um sie herum.

Die drei Männer hatten zusammen eine Hörfolge: *Die Lunge, Organ des Menschen* verfaßt, hatten zusammen ihr Honorar abgeholt, zusammen gefrühstückt, tranken jetzt einen Schnaps miteinander und knobelten um den Steuerbeleg. Murke kannte einen von ihnen gut, Wendrich; aber Wendrich rief gerade heftig »Kunst!« – »Kunst«, rief er noch einmal, »Kunst, Kunst!«, und Murke zuckte erschreckt zusammen, wie der Frosch, an dem Galvani die Elektrizität entdeckte. Murke hatte das Wort *Kunst* an den beiden letzten Tagen zu oft gehört, aus Bur-Malottkes Mund; es kam genau einhundertvierunddreißigmal in den beiden Vorträgen vor; und er hatte die Vorträge dreimal, also vierhundertundzweimal das Wort *Kunst* gehört, zu oft, um Lust auf eine Unterhaltung darüber zu verspüren. Er drückte sich an der Theke vorbei in eine Laube in der entgegengesetzten Ecke der Kantine und atmete erleichtert auf, als die Laube frei war. Er setzte sich in den gelben Polstersessel, zündete die Zigarette an, und als Wulla kam, die Kellnerin, sagte er: »Bitte Apfelsaft« und war froh, daß Wulla gleich wieder verschwand. Er kniff die Augen zu, lauschte aber, ohne es zu wollen, auf das Gespräch der freien Mitarbeiter in der Ecke, die sich leidenschaftlich über Kunst zu streiten schienen; jedesmal, wenn einer von ihnen »Kunst« rief, zuckte Murke zusammen. Es ist, als ob man ausgepeitscht würde, dachte er.

Wulla, die ihm den Apfelsaft brachte, sah ihn besorgt an. Sie war groß und kräftig, aber nicht dick, hatte ein gesundes, fröhliches Gesicht, und während sie den Apfelsaft aus der Karaffe ins Glas goß, sagte sie: »Sie sollten Ihren Urlaub nehmen, Herr Doktor, und das Rauchen besser lassen.«

Früher hatte sie sich Wilfriede-Ulla genannt, dann aber den Namen der Einfachheit halber zu Wulla zusammengezogen. Sie hatte einen besonderen Respekt vor den Leuten von der kulturellen Abteilung.

»Lassen Sie mich in Ruhe«, sagte Murke, »bitte lassen Sie mich!«

»Und Sie sollten mal mit 'nem einfachen netten Mädchen ins Kino gehen«, sagte Wulla.

»Das werde ich heute abend tun«, sagte Murke, »ich verspreche es Ihnen.«

»Es braucht nicht gleich eins von den Flittchen zu sein«, sagte Wulla, »ein einfaches, nettes, ruhiges Mädchen mit Herz. Die gibt es immer noch.«

»Ich weiß«, sagte Murke, »es gibt sie, und ich kenne sogar eine.« Na also, dachte Wulla und ging zu den freien Mitarbeitern hinüber, von denen einer drei Schnäpse und drei Tassen Kaffee bestellt hatte. Die armen Herren, dachte Wulla, die Kunst macht sie noch ganz verrückt. Sie hatte ein Herz für die freien Mitarbeiter und war immer darauf aus, sie zur Sparsamkeit anzuhalten. Haben sie mal Geld, dachte sie, dann hauen sie's gleich auf den Kopf, und sie ging zur Theke und gab kopfschüttelnd dem Büfettier die Bestellung der drei Schnäpse und der drei Tassen Kaffee durch.

Murke trank von dem Apfelsaft, drückte die Zigarette in den Aschenbecher und dachte voller Angst an die Stunden zwischen elf und eins, in denen er Bur-Malottkes Sprüche auseinanderschneiden und an die richtigen Stellen in den Vorträgen hineinkleben mußte. Um zwei wollte der Intendant die beiden Vorträge in sein Studio gespielt haben. Murke dachte an Schmierseife, an Treppen, steile Treppen und Rutschbahnen, er dachte an die Vitalität des Intendanten, dachte an Bur-Malottke und erschrak, als er Schwendling in die Kantine kommen sah.

Schwendling hatte ein rot-schwarzes, großkariertes Hemd an und steuerte zielsicher auf die Laube zu, in der Murke sich verbarg. Schwendling summte den Schlager, der jetzt sehr beliebt war: »Nimm meine Lippen, so wie sie sind, und sie sind schön...«, stutzte, als er Murke sah, und sagte: »Na, du? Ich denke, du schneidest den Käse von Bur-Malottke zurecht.«

»Um elf geht es weiter«, sagte Murke.

»Wulla, ein Bier«, brüllte Schwendling zur Theke hin, »einen halben Liter. – Na«, sagte er zu Murke hin, »du hättest dafür 'nen Extraurlaub verdient, das muß ja gräßlich sein. Der Alte hat mir erzählt, worum es geht.«

Murke schwieg, und Schwendling sagte: »Weißt du das Neueste von Muckwitz?« Murke schüttelte erst uninteressiert den Kopf, fragte dann aus Höflichkeit: »Was ist denn mit ihm?«

Wulla brachte das Bier, Schwendling trank daran, blähte sich ein wenig und sagte langsam: »Muckwitz verfeaturt die Taiga.«

Murke lachte und sagte: »Was macht Fenn?«

»Der«, sagte Schwendling, »der verfeaturt die Tundra.«

»Und Weggucht?«

»Weggucht macht eine Feature über mich, und später mache ich eines über ihn nach dem Wahlspruch: Verfeature du mich; dann verfeature ich dich...«

Einer der freien Mitarbeiter war jetzt aufgesprungen und brüllte emphatisch in die Kantine hinein: »Kunst – Kunst – das allein ist es, worauf es ankommt.«

Murke duckte sich, wie ein Soldat sich duckt, der im feindlichen Schützengraben die Abschüsse der Granatwerfer gehört hat. Er trank noch einen Schluck Apfelsaft und zuckte wieder zusammen, als eine Stimme durch den Lautsprecher sagte: »Herr Doktor Murke wird im Studio dreizehn erwartet – Herr Doktor Murke wird im Studio dreizehn erwartet.« Er blickte auf die Uhr, es war erst halb elf, aber die Stimme fuhr unerbittlich fort: »Herr Doktor Murke wird im Studio dreizehn erwartet. – Herr Doktor Murke wird im Studio dreizehn erwartet.« Der Lautsprecher hing über der Theke des Kantinenraumes, gleich unterhalb des Spruches, den der Intendant hatte an die Wand malen lassen: *Disziplin ist alles.*

»Na«, sagte Schwendling, »es nutzt nichts, geh.«

»Nein«, sagte Murke, »es nutzt nichts.« Er stand auf, legte Geld für den Apfelsaft auf den Tisch, drückte sich am Tisch der freien Mitarbeiter vorbei, stieg draußen in den Paternoster und ließ sich an den fünf Schrörschnauzaschenbechern vorbei wieder nach oben tragen. Er sah sein Herz-Jesu-Bildchen noch in der Türfüllung des Hilfsregisseurs geklemmt und dachte:

›Gott sei Dank, jetzt ist wenigstens ein kitschiges Bild im Funkhaus.‹

Er öffnete die Tür zur Kanzel des Studios, sah den Techniker allein und ruhig vor vier Pappkartons sitzen und fragte müde: »Was ist denn los?«

»Die waren früher fertig, als sie gedacht hatten, und wir haben eine halbe Stunde gewonnen«, sagte der Techniker, »ich dachte, es läge Ihnen vielleicht daran, die halbe Stunde auszunutzen.«

»Da liegt mir allerdings dran«, sagte Murke, »ich habe um eins eine Verabredung. Also fangen wir an. Was ist mit den Kartons?«

»Ich habe«, sagte der Techniker, »für jeden Kasus einen Karton – die Akkusative im ersten, im zweiten die Genitive, im dritten die Dative und in dem da« – er deutete auf den Karton, der am weitesten rechts stand, einen kleinen Karton, auf dem REINE SCHOKOLADE stand, und sagte: »Und da drin liegen die beiden Vokative, in der rechten Ecke der gute, in der linken der schlechte.«

»Das ist großartig«, sagte Murke, »Sie haben den Dreck also schon auseinandergeschnitten.«

»Ja«, sagte der Techniker, »und wenn Sie sich die Reihenfolge notiert haben, in der die Fälle eingeklebt werden müssen, sind wir spätestens in 'ner Stunde fertig. Haben Sie sich's notiert?« »Hab ich«, sagte Murke. Er zog einen Zettel aus der Tasche, auf dem die Ziffern 1 bis 27 notiert waren; hinter jeder Ziffer stand ein Kasus.

Murke setzte sich, hielt dem Techniker die Zigarettenschachtel hin; sie rauchten beide, während der Techniker die zerschnittenen Bänder mit Bur-Malottkes Vorträgen auf die Rolle legte.

»In den ersten Schnitt«, sagte Murke, »müssen wir einen Akkusativ einkleben.« Der Techniker griff in den ersten Karton, nahm einen der Bandschnippel und klebte ihn in die Lücke.

24

»In den zweiten«, sagte Murke, »'nen Dativ.«

Sie arbeiteten flink, und Murke war erleichtert, weil es so rasch ging.

»Jetzt«, sagte er, »kommt der Vokativ; natürlich nehmen wir den schlechten.«

Der Techniker lachte und klebte Bur-Malottkes schlechten Vokativ in das Band. »Weiter«, sagte er, »weiter!« – »Genitiv«, sagte Murke.

*

Der Intendant las gewissenhaft jeden Hörerbrief. Der, den er jetzt gerade las, hatte folgenden Wortlaut:

Lieber Rundfunk, gewiß hast Du keine treuere Hörerin als mich. Ich bin eine alte Frau, ein Mütterchen von siebenundsiebzig Jahren, und ich höre Dich seit dreißig Jahren täglich. Ich bin nie sparsam mit meinem Lob gewesen. Vielleicht entsinnst Du Dich meines Briefes über die Sendung: ›Die sieben Seelen der Kuh Kaweida‹. Es war eine großartige Sendung – aber nun muß ich böse mit Dir werden! Die Vernachlässigung, die die Hundeseele im Rundfunk erfährt, wird allmählich empörend. Das nennst Du dann Humanismus. Hitler hatte bestimmt seine Nachteile: wenn man alles glauben kann, was man so hört, war er ein garstiger Mensch, aber eins hatt' er: er hatte ein Herz für Hunde und tat etwas für sie. Wann kommt der Hund endlich im deutschen Rundfunk wieder zu einem Recht? So wie Du es in der Sendung ›Wie Katz und Hund‹ versucht hast, geht es jedenfalls nicht: es war eine Beleidigung für jede Hundeseele. Wenn mein kleiner Lohengrin reden könnte, der würd's Dir sagen! Und gebellt hat er, der Liebe, während Deine mißglückte Sendung ablief, gebellt hat er, daß einem's Herz aufgehen konnte vor Scham. Ich zahle meine zwei Mark im Monat wie jeder andere Hörer und mache von meinem Recht Gebrauch

und stelle die Frage: Wann kommt die Hundeseele endlich im Rundfunk wieder zu ihrem Recht?
Freundlich – obwohl ich so böse mit Dir bin –

Deine Jadwiga Herchen, ohne Beruf

P. S. Sollte keiner von den zynischen Gesellen, die Du Dir zur Mitarbeit aussuchst, fähig sein, die Hundeseele in entsprechender Weise zu würdigen, so bediene Dich meiner bescheidenen Versuche, die ich Dir beilege. Aufs Honorar würde ich verzichten. Du kannst es gleich dem Tierschutzverein überweisen.
Beiliegend: 35 Manuskripte.
Deine J. H.

Der Intendant seufzte. Er suchte nach den Manuskripten, aber seine Sekretärin hatte sie offenbar schon wegsortiert. Der Intendant stopfte sich eine Pfeife, steckte sie an, leckte sich über die vitalen Lippen, hob den Telefonhörer und ließ sich mit Krochy verbinden. Krochy hatte ein winziges Stübchen mit einem winzigen, aber geschmackvollen Schreibtisch oben in der Abteilung Kulturwort und verwaltete ein Ressort, das so schmal war wie sein Schreibtisch: Das Tier in der Kultur.

»Krochy«, sagte der Intendant, als dieser sich bescheiden meldete, »wann haben wir zuletzt etwas über Hunde gebracht?«

»Über Hunde?« sagte Krochy, »Herr Intendant, ich glaube, noch nie, jedenfalls, solange ich hier bin, noch nicht.«

»Und wie lange sind Sie schon hier, Krochy?« Und Krochy oben in seinem Zimmer zitterte, weil die Stimme des Intendanten so sanft wurde; er wußte, daß nichts Gutes bevorstand, wenn diese Stimme sanft wurde.

»Zehn Jahre bin ich jetzt hier, Herr Intendant«, sagte Krochy.

»Es ist eine Schweinerei«, sagte der Intendant, »daß Sie noch nie etwas über Hunde gebracht haben, schließlich fällt es in Ihr Ressort. Wie hieß der Titel Ihrer letzten Sendung?«

»Meine letzte Sendung hieß«, stotterte Krochy.

»Sie brauchen den Satz nicht zu wiederholen«, sagte der Intendant, »wir sind nicht beim Militär.«

»Eulen im Gemäuer«, sagte Krochy schüchtern.

»Innerhalb der nächsten drei Wochen«, sagte der Intendant, nun wieder sanft, »möchte ich eine Sendung über die Hundeseele hören.«

»Jawohl«, sagte Krochy, er hörte den Klicks, mit dem der Intendant den Hörer aufgelegt hatte, seufzte tief und sagte: »O mein Gott!«

Der Intendant griff zum nächsten Hörerbrief.

In diesem Augenblick trat Bur-Malottke ein. Er durfte sich die Freiheit nehmen, jederzeit unangemeldet hereinzukommen, und er nahm sich diese Freiheit häufig. Er schwitzte noch, setzte sich müde auf einen Stuhl dem Intendanten gegenüber und sagte:

»Guten Morgen also.«

»Guten Morgen«, sagte der Intendant und schob den Hörerbrief beiseite. »Was kann ich für Sie tun?«

»Bitte«, sagte Bur-Malottke, »schenken Sie mir eine Minute.«

»Bur-Malottke«, sagte der Intendant und machte eine großartige, vitale Geste, »braucht mich nicht um eine Minute zu bitten, Stunden, Tage stehen zu Ihrer Verfügung.«

»Nein«, sagte Bur-Malottke, »es handelt sich nicht um eine gewöhnliche Zeitminute, sondern um eine Sendeminute. Mein Vortrag ist durch die Änderung um eine Minute länger geworden.« Der Intendant wurde ernst, wie ein Satrap, der Provinzen verteilt. »Hoffentlich«, sagte er sauer, »ist es nicht eine politische Minute.«

»Nein«, sagte Bur-Malottke, »eine halbe lokale und eine halbe Unterhaltungsminute.«

»Gott sei Dank«, sagte der Intendant, »ich habe bei der Unterhaltung noch neunundsechzig Sekunden, bei den Lokalen noch dreiundachtzig Sekunden gut, gerne gebe ich einem Bur-Malottke eine Minute.«

»Sie beschämen mich«, sagte Bur-Malottke.

»Was kann ich sonst noch für Sie tun?« fragte der Intendant.

»Ich wäre Ihnen dankbar«, sagte Bur-Malottke, »wenn wir gelegentlich darangehen könnten, alle Bänder zu korrigieren, die ich seit 1945 besprochen habe. Eines Tages«, sagte er – er fuhr sich über die Stirn und blickte schwermütig auf den echten Brüller, der über des Intendanten Schreibtisch hing –, »eines Tages werde ich« – er stockte, denn die Mitteilung, die er dem Intendanten zu machen hatte, war zu schmerzlich für die Nachwelt –, »eines Tages werde ich – sterben werde ich –«, und er machte wieder eine Pause und gab dem Intendanten Gelegenheit, bestürzt auszusehen und abwehrend mit der Hand zu winken – »und es ist mir unerträglich, daran zu denken, daß nach meinem Tode möglicherweise Bänder ablaufen, auf denen ich Dinge sage, von denen ich nicht mehr überzeugt war. Besonders zu politischen Äußerungen habe ich mich im Eifer des fünfundvierziger Jahres hinreißen lassen, zu Äußerungen, die mich heute mit starken Bedenken erfüllen und die ich nur auf das Konto jener Jugendlichkeit setzen kann, die von jeher mein Werk ausgezeichnet hat. Die Korrekturen meines geschriebenen Werkes laufen bereits an, ich möchte Sie bitten, mir bald die Gelegenheit zu geben, auch mein gesprochenes Werk zu korrigieren.«

Der Intendant schwieg, hüstelte nur leicht, und kleine, sehr helle Schweißtröpfchen zeigten sich auf seiner Stirn: es fiel ihm ein, daß Bur-Malottke seit 1945 jeden Monat mindestens eine Stunde gesprochen hatte, und er rechnete flink, während BurMalottke weitersprach: zwölf Stunden mal zehn waren einhundertzwanzig Stunden gesprochenen Bur-Malottkes.

»Pedanterie«, sagte Bur-Malottke, »wird ja nur von unsauberen Geistern als des Genies unwürdig bezeichnet, wir wissen ja« – und der Intendant fühlte sich geschmeichelt, durch das Wir unter die sauberen Geister eingereiht zu werden –, »daß die wahren, die großen Genies Pedanten waren. Himmelsheim ließ einmal eine ganze, ausgedruckte Auflage seines *Seelon* auf eigene Kosten neu binden, weil drei oder vier Sätze in der Mitte dieses Werkes ihm nicht mehr entsprechend erschienen. Der Gedanke, daß Vorträge von mir gesendet werden können, von denen ich nicht mehr überzeugt war, als ich das Zeitliche segnete – der Gedanke ist mir unerträglich. Welche Lösung würden Sie vorschlagen?«

Die Schweißtropfen auf der Stirn des Intendanten waren größer geworden. »Es müßte«, sagte er leise, »erst einmal eine genaue Aufstellung aller von Ihnen gesprochenen Sendungen gemacht und dann im Archiv nachgesehen werden, ob diese Bänder noch alle dort sind.«

»Ich hoffe«, sagte Bur-Malottke, »daß man keins der Bänder gelöscht hat, ohne mich zu verständigen. Man hat mich nicht verständigt, also hat man kein Band gelöscht.«

»Ich werde alles veranlassen«, sagte der Intendant.

»Ich bitte darum«, sagte Bur-Malottke spitz und stand auf. »Guten Morgen.«

»Guten Morgen«, sagte der Intendant und geleitete Bur-Malottke zur Tür.

*

Die freien Mitarbeiter in der Kantine hatten sich entschlossen, ein Mittagessen zu bestellen. Sie hatten noch mehr Schnaps getrunken, sprachen immer noch über Kunst, ihr Gespräch war ruhiger, aber nicht weniger leidenschaftlich geworden. Sie sprangen alle erschrocken auf, als plötzlich Wanderburn in die Kantine trat. Wanderburn war ein großer, melancholisch aussehender Dichter mit dunklem Haar, einem sympathischen Gesicht, das ein wenig vom Stigma des Ruhmes gekerbt war. Er war an diesem Tage unrasiert und sah deshalb noch sympathischer aus. Er ging auf den Tisch der drei freien Mitarbeiter zu, setzte sich erschöpft hin und sagte: »Kinder, gebt mir etwas zu trinken. In diesem Hause habe ich immer das Gefühl, zu verdursten.«

Sie gaben ihm zu trinken, einen Schnaps, der noch dastand, und den Rest aus einer Sprudelflasche. Wanderburn trank, setzte das Glas ab, blickte die drei Männer der Reihe nach an und sagte: »Ich warne Sie vor dem Funk, vor diesem Scheißkasten – vor diesem geleckten, geschniegelten, aalglatten Scheißkasten.

Ich warne Sie. Er macht uns alle kaputt.«

Seine Warnung war aufrichtig und beeindruckte die drei jungen Männer sehr; aber die drei jungen Männer wußten nicht, daß Wanderburn gerade von der Kasse kam, wo er sich viel Geld als Honorar für eine leichte Bearbeitung des Buches Hiob abgeholt hatte.

»Sie schneiden uns«, sagte Wanderburn, »zehren unsere Substanz auf, kleben uns, und wir alle werden es nicht aushalten.«
Er trank den Sprudel aus, setzte das Glas auf den Tisch und schritt mit melancholisch wehendem Mantel zur Tür.

*

Punkt zwölf war Murke mit dem Kleben fertig. Sie hatten den letzten Schnippel, einen Dativ, gerade eingeklebt, als Murke aufstand. Er hatte schon die Türklinke in der Hand, da sagte der Techniker: »Ein so empfindliches und kostspieliges Gewissen möcht' ich auch mal haben. Was machen wir mit der Dose?« Er zeigte auf die Zigarettenschachtel, die oben im Regal zwischen den Kartons mit neuen Bändern stand.

»Lassen Sie sie stehen«, sagte Murke.

»Wozu?«

»Vielleicht brauchen wir sie noch.«

»Halten Sie's für möglich, daß er wieder Gewissensqualen bekommt?«

»Nicht unmöglich«, sagte Murke, »warten wir besser ab. Auf Wiedersehen.« Er ging zum vorderen Paternoster, ließ sich zum zweiten Stock hinuntertragen und betrat erstmals an diesem Tage sein Büro. Die Sekretärin war zum Essen gegangen, Murkes Chef, Humkoke, saß am Telefon und las in einem Buch. Er lächelte Murke zu, stand auf und sagte: »Na, Sie leben ja noch. Ist dies Buch Ihres? Haben Sie es auf den Schreibtisch gelegt?« Er hielt Murke den Titel hin, und Murke sagte: »Ja, es ist meins.« Das Buch hatte einen grün-grau-orangefarbenen Schutzumschlag, hieß *Batley's Lyrik-Kanal*; es handelte von einem jungen englischen Dichter, der vor hundert Jahren einen Katalog des Londoner Slangs angelegt hatte.

»Es ist ein großartiges Buch«, sagte Murke.

»Ja«, sagte Humkoke, »es ist großartig, aber Sie lernen es nie.«

Murke sah ihn fragend an.

»Sie lernen es nie, daß man großartige Bücher nicht auf dem Tisch herumliegen läßt, wenn Wanderburn erwartet wird, und Wanderburn wird immer erwartet. Der hat es natürlich gleich erspäht, es aufgeschlagen, fünf Minuten darin gelesen, und was ist die Folge?«

Murke schwieg.

»Die Folge ist«, sagte Humkoke, »zwei einstündige Sendungen von Wanderburn über Batley's Lyrik-Kanal. Dieser Bursche wird uns eines Tages noch seine eigene Großmutter als Feature servieren, und das Schlimme ist eben, daß eine seiner Großmütter auch meine war. Bitte, Murke, merken Sie sich: nie großartige Bücher auf den Tisch, wenn Wanderburn erwartet wird, und ich wiederhole, er wird immer erwartet. – So, und nun gehen Sie, Sie haben den Nachmittag frei, und ich nehme an, daß Sie den freien Nachmittag verdient haben. – Ist der Kram fertig? Haben Sie ihn noch einmal abgehört?«

»Ich habe alles fertig«, sagte Murke, »aber abhören kann ich die Vorträge nicht mehr, ich kann es einfach nicht.«

»›Ich kann es einfach nicht‹ ist eine sehr kindliche Redewendung«, sagte Humkoke. »Wenn ich das Wort Kunst heute noch einmal hören muß, werde ich hysterisch«, sagte Murke.

»Sie sind es schon«, sagte Humkoke, »und ich billige Ihnen sogar zu, daß Sie Grund haben, es zu sein. Drei Stunden Bur-Malottke, das haut hin, das schmeißt den stärksten Mann um, und Sie sind nicht einmal ein starker Mann.« Er warf das Buch auf den Tisch, kam einen Schritt auf Murke zu und sagte: »Als ich in Ihrem Alter war, hatte ich einmal eine vierstündige Hitlerrede um drei Minuten zu schneiden, und ich mußte mir die Rede dreimal anhören, ehe ich würdig war, vorzuschlagen, welche drei Minuten herausgeschnitten werden sollten. Als ich anfing, das Band zum erstenmal zu hören, war ich noch ein Nazi, aber als ich die Rede zum drittenmal durch hatte, war ich kein Nazi mehr; es war eine harte, eine schreckliche, aber sehr wirksame Kur.«

»Sie vergessen«, sagte Murke leise, »daß ich von Bur-Malottke schon geheilt war, bevor ich seine Bänder hören mußte.«

»Sie sind doch eine Bestie«, sagte Humkoke lachend, »gehen Sie, der Intendant hört es sich um zwei noch einmal an. Sie müssen nur erreichbar sein, falls etwas passiert.«

»Von zwei bis drei bin ich zu Hause«, sagte Murke.

»Noch etwas«, sagte Humkoke und zog eine gelbe Keksdose aus einem Regal, das neben Murkes Schreibtisch stand, »was für Bandschnippel haben Sie in dieser Dose?«

Murke wurde rot. »Es sind«, sagte er, »ich sammle eine bestimmte Art von Resten.«

»Welche Art Reste?« fragte Humkoke.

»Schweigen«, sagte Murke, »ich sammle Schweigen.«

Humkoke sah ihn fragend an, und Murke fuhr fort: »Wenn ich Bänder zu schneiden habe, wo die Sprechenden manchmal eine Pause gemacht haben – auch Seufzer, Atemzüge, absolutes Schweigen –, das werfe ich nicht in den Abfallkorb, sondern das sammle ich. Bur-Malottkes Bänder übrigens gaben nicht eine Sekunde Schweigen her.«

Humkoke lachte: »Natürlich, der wird doch nicht schweigen. – Und was machen Sie mit den Schnippeln?«

»Ich klebe sie aneinander und spiele mir das Band vor, wenn ich abends zu Hause bin. Es ist noch nicht viel, ich habe erst drei Minuten – aber es wird ja auch nicht viel geschwiegen.«

»Ich muß sie darauf aufmerksam machen, daß es verboten ist, Teile von Bändern mit nach Hause zu nehmen.«

»Auch Schweigen?« fragte Murke.

Humkoke lachte und sagte: »Nun gehen Sie!« Und Murke ging.

*

Als der Intendant wenige Minuten nach zwei in sein Studio kam, war der Bur-Malottke-Vortrag eben angelaufen:

... und wo immer, wie immer, warum immer und wann immer wir das Gespräch über das Wesen der Kunst beginnen, müssen wir zuerst auf jenes höhere Wesen, das wir verehren, blicken, müssen uns in Ehrfurcht vor jenem höheren Wesen, das wir verehren, beugen und müssen die Kunst dankbar als

ein Geschenk jenes höheren Wesens, das wir verehren, entge-
gennehmen. Die Kunst…

Nein, dachte der Intendant, ich kann wirklich keinem Menschen zumuten, einhundertzwanzig Stunden Bur-Malottke abzuhören. Nein, dachte er, es gibt Dinge, die man einfach nicht machen kann, die ich nicht einmal Murke gönne. Er ging in sein Arbeitszimmer zurück, schaltete dort den Lautsprecher an und hörte gerade Bur-Malottke sagen: »O du höheres Wesen, das wir verehren…« Nein, dachte der Intendant, nein, nein.

*

Murke lag zu Hause auf seiner Couch und rauchte. Neben ihm auf einem Stuhl stand eine Tasse Tee, und Murke blickte gegen die weiße Decke. An seinem Schreibtisch saß ein bildschönes blondes Mädchen, das starr zum Fenster hinaus auf die Straße blickte. Zwischen Murke und dem Mädchen, auf einem Rauchtisch, stand ein Bandgerät, das auf Aufnahme gestellt war. Kein Wort wurde gesprochen, kein Laut fiel. Man hätte das Mädchen für ein Fotomodell halten können, so schön und stumm war es.

»Ich kann nicht mehr«, sagte das Mädchen plötzlich, »ich kann nicht mehr, es ist unmenschlich, was du verlangst. Es gibt Männer, die unsittliche Sachen von einem Mädchen verlangen, aber ich meine fast, was du von mir verlangst, wäre noch unsittlicher als die Sachen, die andere Männer von einem Mädchen verlangen.«

Murke seufzte. »Mein Gott«, sagte er, »liebe Rina, das muß ich alles wieder rausschneiden, sei doch vernünftig, sei lieb und beschweige mir wenigstens fünf Minuten Band.«

»Beschweigen«, sagte das Mädchen, und sie sagte es auf eine Weise, die man vor dreißig Jahren ›unwirsch‹ genannt hätte. »Beschweigen, das ist auch so eine Erfindung von dir.

Ein Band besprechen würde ich mal gern – aber beschweigen...«

Murke war aufgestanden und hatte den Bandapparat abgestellt. »Ach Rina«, sagte er, »wenn du wüßtest, wie kostbar mir dein Schweigen ist. Abends, wenn ich müde bin, wenn ich hier sitzen muß, lasse ich mir dein Schweigen ablaufen. Bitte sei nett und beschweige mir wenigstens noch drei Minuten und erspare mir das Schneiden; du weißt doch, was Schneiden für mich bedeutet.« »Meinetwegen«, sagte das Mädchen, »aber gib mir wenigstens eine Zigarette.«

Murke lächelte, gab ihr eine Zigarette und sagte: »So habe ich dein Schweigen im Original und auf Band, das ist großartig.«

Er stellte das Band wieder ein, und beide saßen schweigend einander gegenüber, bis das Telefon klingelte. Murke stand auf, zuckte hilflos die Achseln und nahm den Hörer auf.

»Also«, sagte Humkoke, »die Vorträge sind glatt durchgelaufen, der Chef hat nichts Negatives gesagt ... Sie können ins Kino gehen. – Und denken Sie an den Schnee.«

»An welchen Schnee?« fragte Murke und blickte hinaus auf die Straße, die in der grellen Sommersonne lag.

»Mein Gott«, sagte Humkoke, »Sie wissen doch, daß wir jetzt anfangen müssen, an das Winterprogramm zu denken. Ich brauche Schneelieder, Schneegeschichten – wir können doch nicht immer und ewig auf Schubert und Stifter herumhocken. – Kein Mensch scheint zu ahnen, wie sehr es uns gerade an Schneeliedern und Schneegeschichten fehlt. Stellen Sie sich einmal vor, wenn es einen harten und langen Winter mit viel Schnee und Kälte gibt: wo nehmen wir unsere Schneesendungen her? Lassen Sie sich irgend etwas Schneeiges einfallen.«

»Ja«, sagte Murke, »ich lasse mir etwas einfallen.« Humkoke hatte eingehängt.

»Komm«, sagte er zu dem Mädchen, »wir können ins Kino gehen.«

»Darf ich jetzt wieder sprechen«, sagte das Mädchen. »Ja«, sagte Murke, »sprich!«

*

Um diese Zeit hatte der Hilfsregisseur der Hörspielabteilung das Kurzhörspiel, das am Abend laufen sollte, noch einmal abgehört. Er fand es gut, nur der Schluß hatte ihn nicht befriedigt. Er saß in der Glaskanzel des Studios dreizehn neben dem Techniker, kaute an einem Streichholz und studierte das Manuskript.

(Akustik in einer grossen leeren Kirche)
Atheist: (spricht laut und klar) Wer denkt noch an mich, wenn ich der Würmer Raub geworden bin?
    (Schweigen)
Atheist: (um eine Nuance lauter sprechend) Wer wartet auf mich, wenn ich wieder zu Staub geworden bin?
    (Schweigen)
Atheist: (noch lauter) Und wer denkt noch an mich, wenn ich wieder zu Laub geworden bin?
    (Schweigen)

Es waren zwölf solcher Fragen, die der Atheist in die Kirche hineinschrie, und hinter jeder Frage stand: Schweigen.

Der Hilfsregisseur nahm das durchgekaute Streichholz aus dem Munde, steckte ein frisches in den Mund und sah den Techniker fragend an.

»Ja«, sagte der Techniker, »wenn Sie mich fragen: ich finde, es ist ein bißchen viel Schweigen drin.«

»Das fand ich auch«, sagte der Hilfsregisseur, »sogar der Autor findet es und hat mich ermächtigt, es zu ändern. Es soll einfach eine Stimme sagen: Gott – aber es müßte eine Stimme ohne die Akustik der Kirche sein, sie müßte sozusagen in einem anderen akustischen Raum sprechen. Aber sagen Sie mir, wo krieg ich jetzt die Stimme her?«

Der Techniker lächelte, griff nach der Zigarettendose, die immer noch oben im Regal stand. »Hier«, sagte er, »hier ist eine Stimme, die in einem akustikfreien Raum ›Gott‹ sagt.«

Der Hilfsregisseur schluckte vor Überraschung das Streichholz hinunter, würgte ein wenig und hatte es wieder vorn im Mund. »Es ist ganz harmlos«, sagte der Techniker lächelnd, »wir haben es aus einem Vortrag herausschneiden müssen, siebenundzwanzigmal.«

»So oft brauche ich es gar nicht, nur zwölfmal«, sagte der Hilfsregisseur.

»Es ist natürlich einfach«, sagte der Techniker, »das Schweigen rauszuschneiden und zwölfmal Gott reinzukleben – wenn Sie's verantworten können.«

»Sie sind ein Engel«, sagte der Hilfsregisseur, »und ich kann es verantworten. Los, fangen wir an.« Er blickte glücklich auf die sehr kleinen, glanzlosen Bandschnippel in Murkes Zigarettenschachtel. »Sie sind wirklich ein Engel«, sagte er, »los, gehen wir ran!«

Der Techniker lächelte, denn er freute sich auf die Schnippel Schweigen, die er Murke würde schenken können: es war viel Schweigen, im ganzen fast eine Minute; soviel Schweigen hatte er Murke noch nie schenken können, und er mochte den jungen Mann.

»Schön«, sagte er lächelnd, »fangen wir an.«

Der Hilfsregisseur griff in seine Rocktasche, nahm seine Zigarettenschachtel heraus; er hatte aber gleichzeitig ein zerknittertes Zettelchen gepackt, glättete es und hielt es dem Techniker hin: »Ist es nicht komisch, was für kitschige Sachen man im Funkhaus finden kann? Das habe ich an meiner Tür gefunden.«

Der Techniker nahm das Bild, sah es sich an und sagte: »Ja, komisch«, und er las laut was darunter stand:
Ich betete für Dich in Sankt Jacobi.

Nicht nur zur Weihnachtszeit

I

In unserer Verwandtschaft machen sich Verfallserscheinungen bemerkbar, die man eine Zeitlang stillschweigend zu übergehen sich bemühte, deren Gefahr ins Auge zu blicken man nun aber entschlossen ist. Noch wage ich nicht, das Wort Zusammenbruch anzuwenden, aber die beunruhigenden Tatsachen häufen sich derart, daß sie eine Gefahr bedeuten und mich zwingen, von Dingen zu berichten, die den Ohren der Zeitgenossen zwar befremdlich klingen werden, deren Realität aber niemand bestreiten kann. Schimmelpilze der Zersetzung haben sich unter der ebenso dicken wie harten Kruste der Anständigkeit eingenistet, Kolonien tödlicher Schmarotzer, die das Ende der Unbescholtenheit einer ganzen Sippe ankündigen. Heute müssen wir es bedauern, die Stimme unseres Vetters Franz überhört zu haben, der schon früh begann, auf die schrecklichen Folgen aufmerksam zu machen, die ein »an sich« harmloses Ereignis haben werde. Dieses Ereignis selbst war so geringfügig, daß uns das Ausmaß der Folgen nun erschreckt. Franz hat schon früh gewarnt. Leider genoß er zu wenig Reputation. Er hat einen Beruf erwählt, der in unserer gesamten Verwandtschaft bisher nicht vorgekommen ist, auch nicht hätte vorkommen dürfen: er ist Boxer geworden. Schon in seiner Jugend schwermütig und von einer Frömmigkeit, die immer als »inbrünstiges Getue« bezeichnet wurde, ging er früh auf Bahnen, die meinem Onkel Franz – diesem herzensguten Menschen – Kummer bereiteten. Er liebte es, sich der Schulpflicht in einem Ausmaß zu entziehen, das nicht mehr als normal bezeichnet werden kann. Er traf sich mit fragwürdigen Kumpanen in abgelegenen Parks und dichten Gebüschen vorstädtischen Charakters. Dort übten sie die harten Regeln des Faustkampfes, ohne sich bekümmert darum zu zeigen, daß das humanistische Erbe vernachlässigt wurde. Diese Burschen zeigten schon früh die Untugenden ihrer Generation, von der sich ja inzwischen herausgestellt hat, daß sie nichts taugt. Die erregenden Geisteskämpfe früherer Jahrhunderte interessierten sie nicht, zu sehr waren sie mit den fragwürdigen Aufregungen ihres eigenen Jahrhunderts beschäftigt. Zunächst schien mir, Franzens Frömmigkeit stehe im Gegensatz zu diesen regelmäßigen Übungen in passiver und aktiver Brutalität. Doch heute beginne ich manches zu ahnen. Ich werde darauf zurückkommen müssen.

Franz also war es, der schon frühzeitig warnte, der sich vor allem von der Teilnahme an gewissen Feiern ausschloß, das Ganze als Getue und Unfug bezeichnete, sich vor allem später weigerte, an Maßnahmen teilzunehmen, die zur Erhaltung dessen, was er Unfug nannte, sich als erforderlich erwiesen. Doch – wie gesagt – besaß er zu wenig Reputation, um in der Verwandtschaft Gehör zu finden.

Jetzt allerdings sind die Dinge in einer Weise ins Kraut geschossen, daß wir ratlos dastehen, nicht wissend, wie wir ihnen Einhalt gebieten sollen.

Franz ist längst ein berühmter Faustkämpfer geworden, doch weist er heute das Lob, das ihm in der Familie gespendet wird, mit derselben Gleichgültigkeit zurück, mit der er sich damals jede Kritik verbat.

Sein Bruder aber – mein Vetter Johannes –, ein Mensch, für den ich jederzeit meine Hand ins Feuer gelegt hätte, dieser erfolgreiche Rechtsanwalt, Lieblingssohn meines Onkels – Johannes soll sich der kommunistischen Partei genähert haben, ein Gerücht, das zu glauben ich mich hartnäckig weigere. Meine Cousine Lucie, bisher eine normale Frau, soll sich nächtlicherweise in anrüchigen Lokalen, von ihrem hilflosen

Gatten begleitet, Tänzen hingeben, für die ich kein anderes Beiwort als existentialistisch finden kann, Onkel Franz selbst, dieser herzensgute Mensch, soll geäußert haben, er sei lebensmüde, er, der in der gesamten Verwandtschaft als ein Muster an Vitalität galt und als ein Vorbild dessen, was man uns einen christlichen Kaufmann zu nennen gelehrt hat.

Arztrechnungen häufen sich, Psychiater, Seelentestler werden einberufen. Einzig meine Tante Milla, die als Urheberin all dieser Erscheinungen bezeichnet werden muß, erfreut sich bester Gesundheit, lächelt, ist wohl und heiter, wie sie es fast immer war. Ihre Frische und Munterkeit beginnen jetzt langsam uns aufzuregen, nachdem uns ihr Wohlergehen lange Zeit so sehr am Herzen lag. Denn es gab eine Krise in ihrem Leben, die bedenklich zu werden drohte. Gerade darauf muß ich näher eingehen.

II

Es ist einfach, rückwirkend den Herd einer beunruhigenden Entwicklung auszumachen – und merkwürdig, erst jetzt, wo ich es nüchtern betrachte, kommen mir die Dinge, die sich seit fast zwei Jahren bei unseren Verwandten begeben, außergewöhnlich vor.

Wir hätten früher auf die Idee kommen können, es stimme etwas nicht. Tatsächlich, es stimmt etwas nicht, und wenn überhaupt jemals irgend etwas gestimmt hat – ich zweifle daran –, hier gehen Dinge vor sich, die mich mit Entsetzen erfüllen.

Tante Milla war in der ganzen Familie von jeher wegen ihrer Vorliebe für die Ausschmückung des Weihnachtsbaumes bekannt, eine harmlose, wenn auch spezielle Schwäche, die in unserem Vaterland ziemlich verbreitet ist. Ihre Schwäche wurde allgemein belächelt, und der Widerstand, den

Franz von frühester Jugend an gegen diesen »Rummel« an den Tag legte, war immer Gegenstand heftigster Entrüstung, zumal Franz ja sowieso eine beunruhigende Erscheinung war. Er weigerte sich, an der Ausschmückung des Baumes teilzunehmen. Das alles verlief bis zu einem gewissen Zeitpunkt normal. Meine Tante hatte sich daran gewöhnt, daß Franz den Vorbereitungen in der Adventszeit fernblieb, auch der eigentlichen Feier, und erst zum Essen erschien. Man sprach nicht einmal mehr darüber.

Auf die Gefahr hin, mich unbeliebt zu machen, muß ich hier eine Tatsache erwähnen, zu deren Verteidigung ich nur sagen kann, daß sie wirklich eine ist. In den Jahren 1939 bis 1945 hatten wir Krieg. Im Krieg wird gesungen, geschossen, geredet, gekämpft, gehungert und gestorben – und es werden Bomben geschmissen – lauter unerfreuliche Dinge, mit deren Erwähnung ich meine Zeitgenossen in keiner Weise langweilen will. Ich muß sie nur erwähnen, weil der Krieg Einfluß auf die Geschichte hatte, die ich erzählen will. Denn der Krieg wurde von meiner Tante Milla nur registriert als eine Macht, die schon Weihnachten 1939 anfing, ihren Weihnachtsbaum zu gefährden. Allerdings war ihr Weihnachtsbaum von einer besonderen Sensibilität.

Die Hauptattraktion am Weihnachtsbaum meiner Tante Milla waren gläserne Zwerge, die in ihren hocherhobenen Armen einen Korkhammer hielten und zu deren Füßen glockenförmige Ambosse hingen. Unter den Fußsohlen der Zwerge waren Kerzen befestigt, und wenn ein gewisser Wärmegrad erreicht war, geriet ein verborgener Mechanismus in Bewegung, eine hektische Unruhe teilte sich den Zwergenarmen mit, sie schlugen wie irr mit ihren Korkhämmern auf die glockenförmigen Ambosse und riefen so, ein Dutzend an der Zahl, ein konzertantes, elfenhaft feines Gebimmel hervor. Und an der Spitze des Tannenbaumes hing ein silbrig gekleideter rotwangiger Engel, der in bestimmten Abständen seine Lippen voneinander hob und »Frieden« flüsterte, »Frieden«. Das mechanische Geheimnis dieses Engels ist konsequent gehütet worden, mir später erst bekannt geworden, obwohl ich damals fast wöchentlich Gelegenheit hatte, ihn zu bewundern. Außerdem gab es am Tannenbaum meiner Tante natürlich Zuckerkringel, Gebäck, Engelhaar, Marzipanfiguren und – nicht zu vergessen – Lametta, und ich weiß noch, daß die sachgemäße Anbringung des vielfältigen Schmuckes erhebliche Mühe kostete, die Beteiligung aller erforderte und die ganze Familie am Weihnachtsabend vor Nervosität keinen Appetit hatte, die Stimmung dann – wie man so sagt – einfach gräßlich war, ausgenommen bei meinem Vetter Franz, der an diesen Vorbereitungen ja nicht teilgenommen hatte und sich als einziger Braten und Spargel, Sahne und Eis schmecken ließ. Kamen wir dann am zweiten Weihnachtstag zu Besuch und wagten die kühne Vermutung, das Geheimnis des sprechenden Engels beruhe auf dem gleichen Mechanismus, der gewisse Puppen veranlaßt, »Mama« oder »Papa« zu sagen, so ernteten wir nur höhnisches Gelächter.

Nun wird man sich denken können, daß in der Nähe fallende Bomben einen solch sensiblen Baum aufs höchste gefährdeten. Es kam zu schrecklichen Szenen, wenn die Zwerge vom Baum gefallen waren, einmal stürzte sogar der Engel. Meine Tante war untröstlich. Sie gab sich unendliche Mühe, nach jedem Luftangriff den Baum komplett wiederherzustellen, ihn wenigstens während der Weihnachtstage zu erhalten. Aber schon im Jahre 1940 war nicht mehr daran zu denken. Wieder auf die Gefahr hin, mich sehr unbeliebt zu machen, muß ich hier kurz erwähnen, daß die Zahl der Luftangriffe auf unsere Stadt tatsächlich erheblich war, von ihrer Heftigkeit ganz zu schweigen. Jedenfalls wurde der Weihnachtsbaum meiner Tante ein Opfer – von anderen Opfern zu sprechen, verbietet mir der rote Faden – der modernen

Kriegführung; fremdländische Ballistiker löschten seine Existenz vorübergehend aus.

Wir alle hatten wirklich Mitleid mit unserer Tante, die eine reizende und liebenswürdige Frau war, außerdem schön. Es tat uns leid, daß sie nach harten Kämpfen, endlosen Disputen, nach Tränen und Szenen sich bereit erklären mußte, für Kriegsdauer auf ihren Baum zu verzichten.

Glücklicherweise – oder soll ich sagen unglücklicherweise? war dies fast das einzige, was sie vom Krieg zu spüren bekam. – Der Bunker, den mein Onkel baute, war einfach bombensicher, außerdem stand jederzeit ein Wagen bereit, meine Tante Milla in Gegenden zu entführen, wo von der unmittelbaren Wirkung des Krieges nichts zu sehen war; es wurde alles getan, um ihr den Anblick der gräßlichen Zerstörungen zu ersparen. Meine beiden Vettern hatten das Glück, den Kriegsdienst nicht in seiner härtesten Form zu erleben. Johannes trat schnell in die Firma meines Onkels ein, die in der Gemüseversorgung unserer Stadt eine entscheidende Rolle spielte. Zudem war er gallenleidend. Franz hingegen wurde zwar Soldat, war aber nur mit der Bewachung von Gefangenen betraut, ein Posten, den er zur Gelegenheit nahm, sich auch bei seinen militärischen Vorgesetzten unbeliebt zu machen, indem er Russen und Polen wie Menschen behandelte. Meine Cousine Lucie war damals noch nicht verheiratet und half im Geschäft. Einen Nachmittag in der Woche half sie im freiwilligen Kriegsdienst in einer Hakenkreuzstickerei. Doch will ich hier nicht die politischen Sünden meiner Verwandten aufzählen.

Aufs Ganze gesehen jedenfalls, fehlte es weder an Geld noch an Nahrungsmitteln und jeglicher erforderlichen Sicherheit, und meine Tante empfand nur den Verzicht auf ihren Baum als bitter. Mein Onkel Franz, dieser herzensgute Mensch, hat sich fast fünfzig Jahre hindurch erhebliche Verdienste erworben, indem er in tropischen und subtropischen

Ländern Apfelsinen und Zitronen aufkaufte und sie gegen einen entsprechenden Aufschlag weiter in den Handel gab. Im Kriege dehnte er sein Geschäft auch auf weniger wertvolles Obst und auf Gemüse aus. Aber nach dem Kriege kamen die erfreulichen Früchte, denen sein Hauptinteresse galt, als Zitrusfrüchte wieder auf und wurden Gegenstand des schärfsten Interesses aller Käuferschichten. Hier gelang es Onkel Franz, sich wieder maßgebend einzuschalten, und er brachte die Bevölkerung in den Genuß von Vitaminen und sich in den eines ansehnlichen Vermögens.

Aber er war fast siebzig, wollte sich nun zur Ruhe setzen, das Geschäft seinem Schwiegersohn übergeben. Da fand jenes Ereignis statt, das wir damals belächelten, das uns heute aber als Ursache der ganzen unseligen Entwicklung erscheint.

Meine Tante Milla fing wieder mit dem Weihnachtsbaum an. Das war an sich harmlos; sogar die Zähigkeit, mit der sie darauf bestand, daß alles »so sein sollte wie früher«, entlockte uns nur ein Lächeln. Zunächst bestand wirklich kein Grund, diese Sache allzu ernst zu nehmen. Zwar hatte der Krieg manches zerstört, das wiederherzustellen mehr Sorge bereitete, aber warum – so sagten wir uns – einer charmanten alten Dame diese kleine Freude nehmen?

Jedermann weiß, wie schwer es war, damals Butter und Speck zu bekommen. Aber sogar für meinen Onkel Franz, der über die besten Beziehungen verfügte, war die Beschaffung von Marzipanfiguren, Schokoladenkringeln und Kerzen im Jahre 1945 unmöglich. Erst im Jahre 1946 konnte alles bereitgestellt werden. Glücklicherweise war noch eine komplette Garnitur von Zwergen und Ambossen sowie ein Engel erhalten geblieben.

Ich entsinne mich des Tages noch gut, an dem wir eingeladen waren. Es war im Januar 47, Kälte herrschte draußen. Aber bei meinem Onkel war es warm, und es herrschte kein

Mangel an Eßbarem. Und als die Lampen gelöscht, die Kerzen angezündet waren, als die Zwerge anfingen zu hämmern, der Engel »Frieden« flüsterte, »Frieden«, fühlte ich mich lebhaft zurückversetzt in eine Zeit, von der ich angenommen hatte, sie sei vorbei.

Immerhin, dieses Erlebnis war, wenn auch überraschend, so doch nicht außergewöhnlich. Außergewöhnlich war, was ich drei Monate später erlebte. Meine Mutter – es war Mitte März geworden – hatte mich hinübergeschickt, nachzuforschen, ob bei Onkel Franz »nichts zu machen« sei. Es ging ihr um Obst. Ich schlenderte in den benachbarten Stadtteil – die Luft war mild, es dämmerte. Ahnungslos schritt ich an bewachsenen Trümmerhalden und verwilderten Parks vorbei, öffnete das Tor zum Garten meines Onkels, als ich plötzlich bestürzt stehenblieb. In der Stille des Abends war sehr deutlich zu hören, daß im Wohnzimmer meines Onkels gesungen wurde. Singen ist eine gute deutsche Sitte, und es gibt viele Frühlingslieder – hier aber hörte ich deutlich:

»Holder Knabe im lockigen Haar...«

Ich muß gestehen, daß ich verwirrt war. Ich ging langsam näher, wartete das Ende des Liedes ab. Die Vorhänge waren zugezogen, ich beugte mich zum Schlüsselloch. In diesem Augenblick drang das Gebimmel der Zwergenglocken an mein Ohr, und ich hörte deutlich das Flüstern des Engels.

Ich hatte nicht den Mut, einzudringen, und ging langsam nach Hause zurück. In der Familie rief mein Bericht allgemeine Belustigung hervor. Aber erst als Franz auftauchte und Näheres berichtete, erfuhren wir, was geschehen war:

Um Mariä Lichtmeß herum, zu der Zeit also, wo man in unseren Landen die Christbäume plündert, sie dann auf den Kehricht wirft, wo sie von nichtsnutzigen Kindern aufgegriffen, durch Asche und sonstigen Unrat geschleift und zu mancherlei Spiel verwendet werden, um Lichtmeß herum war das Schreckliche geschehen. Als mein Vetter Johannes am Abend des Lichtmeßtages, nachdem ein letztes Mal der Baum gebrannt hatte, als Johannes begann, die Zwerge von den Klammern zu lösen, fing meine bis dahin so milde Tante jämmerlich zu schreien an, und zwar so heftig und plötzlich, daß mein Vetter erschrak, die Herrschaft über den leise schwankenden Baum verlor, und schon war es geschehen: es klirrte und klingelte, Zwerge und Glocken, Ambosse und der Spitzenengel, alles stürzte hinunter, und meine Tante schrie.

Sie schrie fast eine Woche lang, Neurologen wurden herbeitelegraphiert, Psychiater kamen in Taxen herangerast – aber alle, auch Kapazitäten, verließen achselzuckend, ein wenig erschreckt auch, das Haus.

Keiner hatte diesem unerfreulich schrillen Konzert ein Ende bereiten können. Nur die stärksten Mittel brachten einige Stunden Ruhe, doch ist die Dosis Luminal, die man einer Sechzigjährigen täglich verabreichen kann, ohne ihr Leben zu gefährden, leider gering. Es ist aber eine Qual, eine aus allen Leibeskräften schreiende Frau im Hause zu haben: schon am zweiten Tage befand sich die Familie in völliger Auflösung. Auch der Zuspruch des Priesters, der am Heiligen Abend der Feier beizuwohnen pflegte, blieb vergeblich: meine Tante schrie.

Franz machte sich besonders unbeliebt, weil er riet, einen regelrechten Exorzismus anzuwenden. Der Pfarrer schalt ihn, die Familie war bestürzt über seine mittelalterlichen Anschauungen, der Ruf seiner Brutalität überwog für einige Wochen seinen Ruf als Faustkämpfer.

Inzwischen wurde alles versucht, meine Tante aus ihrem Zustand zu erlösen. Sie verweigerte die Nahrung, sprach nicht, schlief nicht; man wandte kaltes Wasser an, heißes, Fußbäder, Wechselbäder, die Ärzte schlugen in Lexika nach, suchten nach dem Namen dieses Komplexes, fanden ihn nicht. Und meine Tante schrie. Sie schrie so lange, bis mein Onkel Franz – dieser wirklich herzensgute Mensch – auf die Idee kam, einen neuen Tannenbaum aufzustellen.

III

Die Idee war ausgezeichnet, aber sie auszuführen, erwies sich als äußerst schwierig. Es war fast Mitte Februar geworden, und es ist verhältnismäßig schwer, um diese Zeit einen diskutablen Tannenbaum auf dem Markt zu finden. Die gesamte Geschäftswelt hat sich längst – mit erfreulicher Schnelligkeit übrigens – auf andere Dinge eingestellt. Karneval ist nahe: Masken und Pistolen, Cowboyhüte und verrückte Kopfbedeckungen für Czardasfürstinnen füllen die Schaufenster, in denen man sonst Engel und Engelhaar, Kerzen und Krippen hat bewundern können. Die Zuckerwarenläden haben längst den Weihnachtskrempel in ihre Lager zurücksortiert, während Knallbonbons nun ihre Fenster zieren. Jedenfalls, Tannenbäume gibt es um diese Zeit auf dem regulären Markt nicht.

Es wurde schließlich eine Expedition raublustiger Enkel mit Taschengeld und einem scharfen Beil ausgerüstet: sie fuhren in den Staatsforst und kamen gegen Abend, offenbar in bester Stimmung, mit einer Edeltanne zurück. Aber inzwischen war festgestellt worden, daß vier Zwerge, sechs glockenförmige Ambosse und der Spitzenengel völlig zerstört waren. Die Marzipanfiguren und das Gebäck waren raublustigen Enkeln zum Opfer gefallen. Auch diese Generation, die dort heranwächst, taugt nichts, und wenn je eine Generation etwas getaugt hat – ich zweifle daran –, so komme ich doch zu der Überzeugung, daß es die Generation unserer Väter war.

Obwohl es an Barmitteln, auch an den nötigen Beziehungen nicht fehlte, dauerte es weitere vier Tage, bis die Ausrüstung komplett war. Währenddessen schrie meine Tante ununterbrochen. Telegramme an die deutschen Spielzeugzentren, die gerade im Aufbau begriffen waren, wurden durch den Äther gejagt, Blitzgespräche geführt, von jungen erhitzten Postgehilfen wurden in der Nacht Expreßpakete angebracht, durch Bestechung wurde kurzfristig eine Einfuhrgenehmigung aus der Tschechoslowakei durchgesetzt.

Diese Tage werden in der Chronik der Familie meines Onkels als Tage mit außerordentlich hohem Verbrauch an Kaffee, Zigaretten und Nerven erhalten bleiben. Inzwischen fiel meine Tante zusammen: ihr rundliches Gesicht wurde hart und eckig, der Ausdruck der Milde wich dem einer unnachgiebigen Strenge, sie aß nicht, trank nicht, schrie dauernd, wurde von zwei Krankenschwestern bewacht, und die Dosis Luminal mußte täglich erhöht werden.

Franz erzählte uns, daß in der ganzen Familie eine krankhafte Spannung geherrscht habe, als endlich am 12. Februar die Tannenbaumausrüstung wieder vollständig war. Die Kerzen wurden entzündet, die Vorhänge zugezogen, meine Tante wurde aus dem Krankenzimmer herübergebracht, und man hörte unter den Versammelten nur Schluchzen und Kichern. Der Gesichtsausdruck meiner Tante milderte sich schon im Schein der Kerzen, und als deren Wärme den richtigen Grad erreicht hatte, die Glasburschen wie irr zu hämmern anfingen, schließlich auch der Engel »Frieden« flüsterte, »Frieden«, ging ein wunderschönes Lächeln über ihr Gesicht, und kurz darauf stimmte die ganze Familie das Lied »O Tannenbaum« an. Um das Bild zu vervollständigen, hatte man auch den Pfarrer eingeladen, der ja üblicherweise den Heiligen Abend bei Onkel Franz zu verbringen pflegte; auch er lächelte, auch er war erleichtert und sang mit.

Was kein Test, kein tiefenpsychologisches Gutachten, kein

fachmännisches Aufspüren verborgener Traumata vermocht hatte: das fühlende Herz meines Onkels hatte das Richtige getroffen. Die Tannenbaumtherapie dieses herzensguten Menschen hatte die Situation gerettet.

Meine Tante war beruhigt und fast – so hoffte man damals – geheilt, und nachdem man einige Lieder gesungen, einige Schüsseln Gebäck geleert hatte, war man müde und zog sich zurück, und siehe da: meine Tante schlief ohne jedes Beruhigungsmittel. Die beiden Krankenschwestern wurden entlassen, die Ärzte zuckten die Schultern, und alles schien in Ordnung zu sein. Meine Tante aß wieder, trank wieder, war wieder liebenswürdig und milde.

Aber am Abend darauf, als die Dämmerstunde nahte, saß mein Onkel zeitunglesend neben seiner Frau unter dem Baum, als diese plötzlich sanft seinen Arm berührte und zu ihm sagte: »So wollen wir denn die Kinder zur Feier rufen, ich glaube, es ist Zeit.« Mein Onkel gestand uns später, daß er erschrak, aber aufstand, um in aller Eile seine Kinder und Enkel zusammenzurufen und einen Boten zum Pfarrer zu schicken. Der Pfarrer erschien, etwas abgehetzt und erstaunt, aber man zündete die Kerzen an, ließ die Zwerge hämmern, den Engel flüstern, man sang, aß Gebäck – und alles schien in Ordnung zu sein.

IV

Nun ist die gesamte Vegetation gewissen biologischen Gesetzen unterworfen, und Tannenbäume, dem Mutterboden entrissen, haben bekanntlich die verheerende Neigung, Nadeln zu verlieren, besonders, wenn sie in warmen Räumen stehen, und bei meinem Onkel war es warm. Die Lebensdauer der Edeltanne ist etwas länger als die der gewöhnlichen, wie die bekannte Arbeit »abies vulgaris und abies nobilis« von Dr. Hergenring ja bewiesen hat. Doch auch die Lebensdauer der Edeltanne ist nicht unbeschränkt. Schon als Karneval nahte, zeigte es sich, daß man versuchen mußte, meiner Tante neuen Schmerz zu bereiten: der Baum verlor rapide an Nadeln, und beim abendlichen Singen der Lieder wurde ein leichtes Stirnrunzeln bei meiner Tante bemerkt. Auf Anraten eines wirklich hervorragenden Psychologen wurde nun der Versuch unternommen, in leichtem Plauderton von einem möglichen Ende der Weihnachtszeit zu sprechen, zumal die Bäume schon angefangen hatten, auszuschlagen, was ja allgemein als ein Zeichen des herannahenden Frühlings gilt, während man in unseren Breiten mit dem Wort Weihnachten unbedingt winterliche Vorstellungen verbindet. Mein sehr geschickter Onkel schlug eines Abends vor, die Lieder »Alle Vögel sind schon da« und »Komm, lieber Mai, und mache« anzustimmen, doch schon beim ersten Vers des erstgenannten Liedes machte meine Tante ein derart finsteres Gesicht, daß man sofort abbrach und »O Tannenbaum« intonierte. Drei Tage später wurde mein Vetter Johannes beauftragt, einen milden Plünderungszug zu unternehmen, aber schon, als er seine Hände ausstreckte und einem der Zwerge den Korkhammer nahm, brach meine Tante in so heftiges Geschrei aus, daß man den Zwerg sofort wieder komplettierte, die Kerzen anzündete und etwas hastig, aber sehr laut in das Lied »Stille Nacht« ausbrach.

Aber die Nächte waren nicht mehr still; singende Gruppen jugendlicher Trunkenbolde durchzogen die Stadt mit Trompeten und Trommeln, alles war mit Luftschlangen und Konfetti bedeckt, maskierte Kinder bevölkerten tagsüber die Straßen, schossen, schrien, manche sangen auch, und einer privaten Statistik zufolge gab es mindestens sechzigtausend Cowboys und vierzigtausend Czardasfürstinnen in unserer Stadt: kurzum, es war Karneval, ein Fest, das man bei uns mit ebensolcher, fast mit mehr Heftigkeit zu feiern gewohnt ist als Weihnachten. Aber meine Tante schien blind und taub zu sein: sie bemängelte karnevalistische Kleidungsstücke, wie sie um diese Zeit in den Garderoben unserer Häuser unvermeidlich sind; mit trauriger Stimme beklagte sie das Sinken der Moral, da man nicht einmal an den Weihnachtstagen in der Lage sei, von diesem unsittlichen Treiben zu lassen, und als sie im Schlafzimmer meiner Cousine einen Luftballon entdeckte, der zwar eingefallen war, aber noch deutlich einen mit weißer Farbe aufgemalten Narrenhut zeigte, brach sie in Tränen aus und bat meinen Onkel, diesem unheiligen Treiben Einhalt zu gebieten.

Mit Schrecken mußte man feststellen, daß meine Tante sich wirklich in dem Wahn befand, es sei »Heiliger Abend«. Mein Onkel berief jedenfalls eine Familienversammlung ein, bat um Schonung für seine Frau, Rücksichtnahme auf ihren merkwürdigen Geisteszustand, und rüstete zunächst wieder eine Expedition aus, um wenigstens den Frieden des abendlichen Festes garantiert zu wissen.

Während meine Tante schlief, wurde der Schmuck vom alten Baum ab- und auf den neuen montiert, und ihr Zustand blieb erfreulich.

V

Aber auch der Karneval ging vorüber, der Frühling kam wirklich, statt des Liedes »Komm, lieber Mai« hätte man schon singen können »Lieber Mai, du bist gekommen«. Es wurde Juni. Vier Tannenbäume waren schon verschlissen, und keiner der neuerlich zugezogenen Ärzte konnte Hoffnung auf Besserung geben. Meine Tante blieb fest. Sogar der als internationale Kapazität bekannte Dr. Bless hatte sich achselzuckend wieder in sein Studierzimmer zurückgezogen, nachdem er als Honorar die Summe von 1365 Mark kassiert hatte, womit er zum wiederholten Male seine Weltfremdheit bewies. Einige weitere sehr vage Versuche, die Feier abzubrechen oder ausfallen zu lassen, wurden mit solchem Geschrei von seiten meiner Tante quittiert, daß man von derlei Sakrilegien endgültig Abstand nehmen mußte.

Das Schreckliche war, daß meine Tante darauf bestand, alle ihr nahestehenden Personen müßten anwesend sein. Zu diesen gehörten auch der Pfarrer und die Enkelkinder. Selbst die Familienmitglieder waren nur mit äußerster Strenge zu veranlassen, pünktlich zu erscheinen, aber mit dem Pfarrer wurde es schwierig. Einige Wochen hielt er zwar ohne Murren mit Rücksicht auf seine alte Pönitentin durch, aber dann versuchte er unter verlegenem Räuspern, meinem Onkel klarzumachen, daß es so nicht weiterging. Die eigentliche Feier war zwar kurz – sie dauerte etwa achtunddreißig Minuten –, aber selbst diese kurze Zeremonie sei auf die Dauer nicht durchzuhalten, behauptete der Pfarrer. Er habe andere Verpflichtungen, abendliche Zusammenkünfte mit seinen Konfratres, seelsorgerische Aufgaben, ganz zu schweigen vom samstäglichen Beichthören. Immerhin hatte er einige Wochen Terminverschiebungen in Kauf genommen, aber gegen Ende Juni fing er an, energisch Befreiung zu erheischen. Franz wütete in der Familie herum, suchte Komplizen für seinen Plan, die Mutter in eine Anstalt zu bringen, stieß aber überall auf Ablehnung.

Jedenfalls: es machten sich Schwierigkeiten bemerkbar. Eines Abends fehlte der Pfarrer, war weder telefonisch noch durch einen Boten aufzutreiben, und es wurde klar, daß er sich einfach gedrückt hatte. Mein Onkel fluchte fürchterlich, er nahm dieses Ereignis zum Anlaß, die Diener der Kirche mit Worten zu bezeichnen, die zu wiederholen ich mich weigern muß. In alleräußerster Not wurde einer der Kapläne, ein Mensch einfacher Herkunft, gebeten, auszuhelfen. Er tat es, benahm sich aber so fürchterlich, daß es fast zur

Katastrophe gekommen wäre. Immerhin, man muß bedenken, es war Juni, also heiß, trotzdem waren die Vorhänge zugezogen, um winterliche Dunkelheit wenigstens vorzutäuschen, außerdem brannten Kerzen. Dann ging die Feier los; der Kaplan hatte zwar von diesem merkwürdigen Ereignis schon gehört, aber keine rechte Vorstellung davon. Zitternd stellte man meiner Tante den Kaplan vor, er vertrete den Pfarrer. Unerwarteterweise nahm sie die Veränderung des Programms hin. Also: Die Zwerge hämmerten, der Engel flüsterte, es wurde »O Tannenbaum« gesungen, dann aß man Gebäck, sang noch einmal das Lied, und plötzlich bekam der Kaplan einen Lachkrampf. Später hat er gestanden, die Stelle ». . . nein, auch im Winter, wenn es schneit« habe er einfach nicht ohne zu lachen ertragen können. Er plusterte mit klerikaler Albernheit los, verließ das Zimmer und ward nicht mehr gesehen. Alles blickte gespannt auf meine Tante, doch die sagte nur resigniert etwas vom »Proleten im Priestergewande« und schob sich ein Stück Marzipan in den Mund. Auch wir erfuhren damals von diesem Vorfall mit Bedauern – doch bin ich heute geneigt, ihn als einen Ausbruch natürlicher Heiterkeit zu bezeichnen.

Ich muß hier – wenn ich der Wahrheit die Ehre lassen will – einflechten, daß mein Onkel seine Beziehungen zu den höchsten Verwaltungsstellen der Kirche ausgenutzt hat, um sich sowohl über den Pfarrer wie den Kaplan zu beschweren. Die Sache wurde mit äußerster Korrektheit angefaßt, ein Prozeß wegen Vernachlässigung seelsorgerischer Pflichten wurde angestrengt, der in erster Instanz von den beiden Geistlichen gewonnen wurde. Ein zweites Verfahren schwebt noch.

Zum Glück fand man einen pensionierten Prälaten, der in der Nachbarschaft wohnte. Dieser reizende alte Herr erklärte sich mit liebenswürdiger Selbstverständlichkeit bereit, sich zur Verfügung zu halten und täglich die abendliche Feier zu vervollständigen. Doch ich habe vorgegriffen. Mein Onkel Franz, der nüchtern genug war, zu erkennen, daß keinerlei ärztliche Hilfe zum Ziel gelangen würde, sich auch hartnäckig weigerte, einen Exorzismus zu versuchen, war Geschäftsmann genug, sich nun auf Dauer einzustellen und die wirtschaftlichste Art herauszukalkulieren. Zunächst wurden schon Mitte Juni die Enkelexpeditionen eingestellt, weil sich herausstellte, daß sie zu teuer wurden. Mein findiger Vetter Johannes, der zu allen Kreisen der Geschäftswelt die besten Beziehungen unterhält, spürte den Tannenbaum-Frischdienst der Firma Söderbaum auf, eines leistungsfähigen Unternehmens, das sich nun schon fast zwei Jahre um die Nerven meiner Verwandtschaft hohe Verdienste erworben hat. Nach einem halben Jahr schon wandelte die Firma Söderbaum die Lieferung des Baumes in ein wesentlich verbilligtes Abonnement um und erklärte sich bereit, die Lieferfrist von ihrem Nadelbaumspezialisten, Dr. Alfast, genauestens festlegen zu lassen, so daß schon drei Tage bevor der alte Baum indiskutabel wird, der neue anlangt und mit Muße geschmückt werden kann. Außerdem werden vorsichtshalber zwei Dutzend Zwerge auf Lager gehalten, und drei Spitzenengel sind in Reserve gelegt.

Ein wunder Punkt sind bis heute die Süßigkeiten geblieben. Sie zeigen die verheerende Neigung, vom Baume schmelzend herunterzutropfen, schneller und endgültiger als schmelzendes Wachs. Jedenfalls in den Sommermonaten. Jeder Versuch, sie durch geschickt getarnte Kühlvorrichtungen in weihnachtlicher Starre zu erhalten, ist bisher gescheitert, ebenso eine Versuchsreihe, die begonnen wurde, um die Möglichkeiten der Präparierung eines Baumes zu prüfen. Doch ist die Familie für jeden fortschrittlichen Vorschlag, der geeignet ist, dieses stetige Fest zu verbilligen, dankbar und aufgeschlossen.

VI

Inzwischen haben die abendlichen Feiern im Hause meines Onkels eine fast professionelle Starre angenommen: man versammelt sich unter dem Baum oder um den Baum herum. Meine Tante kommt herein, man entzündet die Kerzen, die Zwerge beginnen zu hämmern, und der Engel flüstert »Frieden, Frieden«, dann singt man einige Lieder, knabbert Gebäck, plaudert ein wenig und zieht sich gähnend mit dem Glückwunsch »Frohes Fest auch« zurück – und die Jugend gibt sich den jahreszeitlich bedingten Vergnügungen hin, während mein herzensguter Onkel Franz mit Tante Milla zu Bett geht. Kerzenrauch bleibt im Raum, der sanfte Geruch erhitzter Tannenzweige und das Aroma von Spezereien. Die Zwerge, ein wenig phosphoreszierend, bleiben starr in der Dunkelheit stehen, die Arme bedrohlich erhoben, und der Engel läßt sein silbriges, offenbar ebenfalls phosphoreszierendes Gewand sehen.

Es erübrigt sich vielleicht, festzustellen, daß die Freude am wirklichen Weihnachtsfest in unserer gesamten Verwandtschaft erhebliche Einbuße erlitten hat: wir können, wenn wir wollen, bei unserem Onkel jederzeit einen klassischen Weihnachtsbaum bewundern – und es geschieht oft, wenn wir sommers auf der Veranda sitzen und uns nach des Tages Last und Müh Onkels milde Apfelsinenbowle in die Kehle gießen, daß von drinnen der sanfte Klang gläserner Glocken kommt, und man kann im Dämmer die Zwerge wie flinke kleine Teufelchen herumhämmern sehen, während der Engel »Frieden« flüstert, »Frieden«. Und immer noch kommt es uns befremdlich vor, wenn mein Onkel mitten im Sommer seinen Kindern plötzlich zuruft: »Macht bitte den Baum an, Mutter kommt gleich.« Dann tritt, meist pünktlich, der Prälat ein, ein milder alter Herr, den wir alle in unser Herz geschlossen haben, weil er seine Rolle vorzüglich spielt, wenn er überhaupt weiß, daß er eine und welche er spielt. Aber gleichgültig: er spielt sie, weißhaarig, lächelnd, und der violette Rand unterhalb seines Kragens gibt seiner Erscheinung den letzten Hauch von Vornehmheit. Und es ist ein ungewöhnliches Erlebnis, in lauen Sommernächten den erregten Ruf zu hören: »Das Löschhorn, schnell wo ist das Löschhorn?« Es ist schon vorgekommen, daß während eines heftigen Gewitters die Zwerge sich plötzlich bewogen fühlten, ohne Hitzeeinwirkung die Arme zu erheben und sie wild zu schwingen, gleichsam ein Extrakonzert zu geben, eine Tatsache, die man ziemlich phantasielos mit dem trockenen Wort Elektrizität zu deuten versuchte.

Eine nicht ganz unwesentliche Seite dieses Arrangements ist die finanzielle. Wenn auch in unserer Familie im allgemeinen kein Mangel an Barmitteln herrscht, solch außergewöhnliche Ausgaben stürzen die Kalkulation um. Denn trotz aller Vorsicht ist natürlich der Verschleiß an Zwergen, Ambossen und Hämmern enorm, und der sensible Mechanismus, der den Engel zu einem sprechenden macht, bedarf der stetigen Sorgfalt und Pflege und muß hin und wieder erneuert werden. Ich habe das Geheimnis übrigens inzwischen entdeckt: der Engel ist durch ein Kabel mit einem Mikrophon im Nebenzimmer verbunden, vor dessen Metallschnauze sich eine ständig rotierende Schallplatte befindet, die, mit gewissen Pausen dazwischen, »Frieden« flüstert, »Frieden«. Alle diese Dinge sind um so kostspieliger, als sie für den Gebrauch an nur wenigen Tagen des Jahres erdacht sind, nun aber das ganze Jahr strapaziert werden. Ich war erstaunt, als mein Onkel mir eines Tages erklärte, daß die Zwerge tatsächlich alle drei Monate erneuert werden müssen, und daß ein kompletter Satz nicht weniger als 128 Mark kostet. Er habe einen befreundeten Ingenieur gebeten, sie durch einen Kautschuküberzug zu verstärken, ohne jedoch ihre Klangschönheit zu beeinträchtigen. Dieser Versuch ist gescheitert. Der Verbrauch an Kerzen, Spekulatius, Marzipan, das Baumabonnement, Arztrechnungen und die vierteljährliche Aufmerksamkeit, die man dem Prälaten zukommen lassen muß, alles zusammen, sagte mein Onkel, komme ihm täglich im Durchschnitt auf elf Mark, ganz zu schweigen von dem Verschleiß an Nerven und von sonstigen gesundheitlichen Störungen, die damals anfingen, sich bemerkbar zu machen. Doch war das im Herbst, und man schrieb die Störungen einer gewissen herbstlichen Sensibilität zu, wie sie ja allgemein beobachtet wird.

VII

Das wirkliche Weihnachtsfest verlief ganz normal. Es ging etwas wie ein Aufatmen durch die Familie meines Onkels, da man auch andere Familien nun unter Weihnachtsbäumen versammelt sah, andere auch singen und Spekulatius essen mußten. Aber die Erleichterung dauerte nur so lange an, wie die weihnachtliche Zeit dauerte. Schon Mitte Januar brach bei meiner Cousine Lucie ein merkwürdiges Leiden aus: beim Anblick der Tannenbäume, die auf den Straßen und Trümmerhaufen herumlagen, brach sie in ein hysterisches Geschluchze aus. Dann hatte sie einen regelrechten Anfall von Wahnsinn, den man als Nervenzusammenbruch zu kaschieren versuchte. Sie schlug einer Freundin, bei der sie zum Kaffeeklatsch war, die Schüssel aus der Hand, als diese ihr milde lächelnd Spekulatius anbot. Meine Cousine ist allerdings das, was man eine temperamentvolle Frau nennt; sie schlug also ihrer Freundin die Schüssel aus der Hand, nahte sich dann deren Weihnachtsbaum, riß ihn vom Ständer und trampelte auf Glaskugeln, künstlichen Pilzen, Kerzen und Sternen herum, während ein anhaltendes Gebrüll ihrem Munde entströmte. Die versammelten Damen entflohen, einschließlich der Hausfrau, man ließ Lucie toben, wartete in der Diele auf den Arzt, gezwungen, zuzuhören, wie drinnen Porzellan zerschlagen wurde. Es fällt mir schwer, aber ich muß hier berichten, daß Lucie in einer Zwangsjacke abtransportiert wurde.

Anhaltende hypnotische Behandlung brachte das Leiden zwar zum Stillstand, aber die eigentliche Heilung ging nur sehr langsam vor sich. Vor allem schien ihr die Befreiung von der abendlichen Feier, die der Arzt erzwang, zusehends wohl zu tun; nach einigen Tagen schon begann sie aufzublühen. Schon nach zehn Tagen konnte der Arzt riskieren, mit ihr über Spekulatius wenigstens zu reden, ihn zu essen, weigerte sie sich jedoch hartnäckig. Dem Arzt kam dann die geniale Idee, sie mit sauren Gurken zu füttern, ihr Salate und kräftige Fleischspeisen anzubieten. Das war wirklich die Rettung für die arme Lucie. Sie lachte wieder, und sie begann die endlosen therapeutischen Unterredungen, die ihr Arzt mit ihr pflegte, mit ironischen Bemerkungen zu würzen.

Zwar war die Lücke, die durch ihr Fehlen bei der abendlichen Feier entstand, schmerzlich für meine Tante, wurde aber durch einen Umstand erklärt, der für alle Frauen als hinlängliche Entschuldigung gelten kann, durch Schwangerschaft.

Aber Lucie hatte das geschaffen, was man einen Präzedenzfall nennt: sie hatte bewiesen, daß die Tante zwar litt, wenn jemand fehlte, aber nicht sofort zu schreien begann, und mein Vetter Johannes und sein Schwager Karl versuchten nun, die strenge Disziplin zu durchbrechen, indem sie Krankheit vorschützten, geschäftliche Verhinderung oder andere, recht durchsichtige Gründe angaben. Doch blieb mein Onkel hier erstaunlich hart: mit eiserner Strenge setzte er durch, daß nur in Ausnahmefällen Atteste eingereicht, sehr kurze Beurlaubungen beantragt werden konnten. Denn meine Tante merkte jede weitere Lücke sofort und brach in stilles, aber anhaltendes Weinen aus, was zu den bittersten Bedenken Anlaß gab.

Nach vier Wochen kehrte auch Lucie zurück und erklärte sich bereit, an der täglichen Zeremonie wieder teilzunehmen, doch hat ihr Arzt durchgesetzt, daß für sie ein Glas Gurken und ein Teller mit kräftigen Butterbroten bereitgehalten wird, da sich ihr Spekulatiustrauma als unheilbar erwies. So waren eine Zeitlang durch meinen Onkel alle Disziplinschwierigkeiten aufgehoben, der hier eine unerwartete Härte bewies.

VIII

Schon kurz nach dem ersten Jahrestag der ständigen Weihnachtsfeier gingen beunruhigende Gerüchte um: mein Vetter Johannes sollte sich von einem befreundeten Arzt ein Gutachten haben ausstellen lassen, auf wie lange wohl die Lebenszeit meiner Tante noch zu bemessen wäre, ein wahrhaft finsteres Gerücht, das ein bedenkliches Licht auf eine allabendlich friedlich versammelte Familie wirft. Das Gutachten soll vernichtend für Johannes gewesen sein. Sämtliche Organe meiner Tante, die zeitlebens sehr solide war, sind völlig intakt, die Lebensdauer ihres Vaters hat achtundsiebzig, die ihrer Mutter sechsundachtzig Jahre betragen. Meine Tante selbst ist zweiundsechzig, und so besteht kein Grund, ihr ein baldiges seliges Ende zu prophezeien. Noch weniger, so finde ich, es ihr zu wünschen. Als meine Tante dann mitten im Sommer einmal erkrankte – Erbrechen und Durchfall suchten diese arme Frau heim –, wurde gemunkelt, sie sei vergiftet worden, aber ich erkläre hier ausdrücklich, daß dieses Gerücht einfach eine Erfindung übelmeinender Verwandter ist. Es ist eindeutig erwiesen, daß es sich um eine Infektion handelte, die von einem Enkel eingeschleppt wurde. Analysen, die mit den Exkrementen meiner Tante vorgenommen wurden, ergaben aber auch nicht die geringste Spur von Gift.

Im gleichen Sommer zeigten sich bei Johannes die ersten

gesellschaftsfeindlichen Bestrebungen: er trat aus seinem Gesangverein aus, erklärte, auch schriftlich, daß er an der Pflege des Deutschen Liedes nicht mehr teilzunehmen gedenke. Allerdings, ich darf hier einflechten, daß er immer, trotz des akademischen Grades, den er errang, ein ungebildeter Mensch war. Für die »Virhymnia« war es ein großer Verlust, auf seinen Baß verzichten zu müssen.

Mein Schwager Karl fing an, sich heimlich mit Auswanderungsbüros in Verbindung zu setzen. Das Land seiner Träume mußte besondere Eigenschaften haben: es durften dort keine Tannenbäume gedeihen, deren Import mußte verboten oder durch hohe Zölle unmöglich gemacht sein; außerdem – das seiner Frau wegen – mußte dort das Geheimnis der Spekulatiusherstellung unbekannt sein und das Singen von Weihnachtsliedern einem Verbot unterliegen. Karl erklärte sich bereit, harte körperliche Arbeit auf sich zu nehmen.

Inzwischen sind seine Versuche vom Fluche der Heimlichkeit befreit, weil sich auch in meinem Onkel eine vollkommene und sehr plötzliche Wandlung vollzogen hat. Diese geschah auf so unerfreulicher Ebene, daß wir wirklich Grund hatten, zu erschrecken. Dieser biedere Mensch, von dem ich nur sagen kann, daß er ebenso hartnäckig wie herzensgut ist, wurde auf Wegen beobachtet, die einfach unsittlich sind, es auch bleiben werden, solange die Welt besteht. Es sind von ihm Dinge bekanntgeworden, auch durch Zeugen belegt, auf die nur das Wort Ehebruch angewandt werden kann. Und das Schrecklichste ist, er leugnet es schon nicht mehr, sondern stellt für sich den Anspruch, in Verhältnissen und Bedingungen zu leben, die moralische Sondergesetze berechtigt erscheinen lassen müssen. Ungeschickterweise wurde diese plötzliche Wandlung gerade zu dem Zeitpunkt offenbar, wo der zweite Termin gegen die beiden Geistlichen seiner Pfarre fällig geworden war. Onkel Franz muß als Zeuge, als verkappter Kläger einen solch minderwertigen Eindruck gemacht haben, daß es ihm allein zuzuschreiben ist, wenn auch der zweite Termin günstig für die beiden Geistlichen auslief. Aber das alles ist Onkel Franz inzwischen gleichgültig geworden: bei ihm ist der Verfall komplett, schon vollzogen.

Er war auch der erste, der die gräßliche Idee hatte, sich von einem Schauspieler bei der abendlichen Feier vertreten zu lassen. Er hatte einen arbeitslosen Bonvivant aufgetrieben, der ihn vierzehn Tage lang so vorzüglich nachahmte, daß nicht einmal seine Frau die ausgewechselte Identität bemerkte. Auch seine Kinder bemerkten es nicht. Es war einer der Enkel, der während einer kleinen Singpause plötzlich in den Ruf ausbrach: »Opa hat Ringelsocken an«, wobei er triumphierend das Hosenbein des Bonvivants hochhob. Für den armen Künstler muß diese Szene schrecklich gewesen sein, auch die Familie war bestürzt, und um Unheil zu vermeiden, stimmte man, wie so oft schon in peinlichen Situationen, schnell ein Lied an. Nachdem die Tante zu Bett gegangen, war die Identität des Künstlers schnell festgestellt. Es war das Signal zum fast völligen Zusammenbruch.

IX

Immerhin: man muß bedenken, eineinhalb Jahre ist eine lange Zeit, und der Hochsommer war wieder gekommen, eine Jahreszeit, in der meinen Verwandten die Teilnahme an diesem Spiel am schwersten fällt. Lustlos knabbern sie in dieser Hitze an Printen und Pfeffernüssen, lächeln starr vor sich hin, während sie ausgetrocknete Nüsse knacken, sie hören den unermüdlich hämmernden Zwergen zu und zucken zusammen, wenn der rotwangige Engel über ihre Köpfe hinweg »Frieden« flüstert, »Frieden«, aber sie harren aus, während ihnen trotz sommerlicher Kleidung der Schweiß über

Hals und Wangen läuft und ihnen die Hemden festkleben. Vielmehr: Sie haben ausgeharrt.

Geld spielt vorläufig noch keine Rolle – fast im Gegenteil. Man beginnt sich zuzuflüstern, daß Onkel Franz nun auch geschäftlich zu Methoden gegriffen hat, die die Bezeichnung »christlicher Kaufmann« kaum noch zulassen. Er ist entschlossen, keine wesentliche Schwächung des Vermögens zuzulassen, eine Versicherung, die uns zugleich beruhigt und erschreckt.

Nach der Entlarvung des Bonvivants kam es zu einer regelrechten Meuterei, deren Folge ein Kompromiß war: Onkel Franz hat sich bereit erklärt, die Kosten für ein kleines Ensemble zu übernehmen, das ihn, Johannes, meinen Schwager Karl und Lucie ersetzt, und es ist ein Abkommen getroffen worden, daß immer einer von den vieren im Original an der abendlichen Feier teilzunehmen hat, damit die Kinder in Schach gehalten werden. Der Prälat hat bisher nichts von diesem Betrug gemerkt, den man keineswegs mit dem Adjektiv fromm wird belegen können. Abgesehen von meiner Tante und den Kindern ist er die einzige originale Figur bei diesem Spiel.

Es ist ein genauer Plan aufgestellt worden, der in unserer Verwandtschaft Spielplan genannt wird, und durch die Tatsache, daß einer immer wirklich teilnimmt, ist auch für die Schauspieler eine gewisse Vakanz gewährleistet. Inzwischen hat man auch gemerkt, daß diese sich nicht ungern zu der Feier hergeben, sich gerne zusätzlich etwas Geld verdienen, und man hat mit Erfolg die Gage gedrückt, da ja glücklicherweise an arbeitslosen Schauspielern kein Mangel herrscht. Karl hat mir erzählt, daß man hoffen könne, diesen »Posten« noch ganz erheblich herunterzusetzen, zumal ja den Schauspielern eine Mahlzeit geboten wird und die Kunst bekanntlich, wenn sie nach Brot geht, billiger wird.

X

Lucies verhängnisvolle Entwicklung habe ich schon angedeutet: sie treibt sich fast nur noch in Nachtlokalen herum, und besonders an den Tagen, wo sie gezwungenermaßen an der häuslichen Feier hat teilnehmen müssen, ist sie wie toll. Sie trägt Cordhosen, bunte Pullover, läuft in Sandalen herum und hat sich ihr prachtvolles Haar abgeschnitten, um eine schmucklose Fransenfrisur zu tragen, von der ich jetzt erfahre, daß sie unter dem Namen Pony schon einige Male modern war. Obwohl ich offenkundige Unsittlichkeit bei ihr bisher nicht beobachten konnte, nur eine gewisse Exaltation, die sie selbst als Existentialismus bezeichnet, trotzdem kann ich mich nicht entschließen, diese Entwicklung erfreulich zu finden; ich liebe die milden Frauen mehr, die sich sittsam im Takte des Walzers bewegen, die angenehme Verse zu zitieren verstehen und deren Nahrung nicht ausschließlich aus sauren Gurken und mit Paprika überwürztem Gulasch besteht. Die Auswanderungspläne meines Schwagers Karl scheinen sich zu realisieren: er hat ein Land entdeckt, nicht weit vom Äquator, das seinen Bedingungen gerecht zu werden verspricht, und Lucie ist begeistert: man trägt in diesem Lande Kleider, die den ihren nicht unähnlich sind, man liebt dort die scharfen Gewürze und tanzt nach Rhythmen, ohne die nicht mehr leben zu können sie vorgibt. Es ist zwar ein wenig schockierend, daß diese beiden dem Sprichwort »Bleibe im Lande und nähre dich redlich« nicht zu folgen gedenken, aber andererseits verstehe ich, daß sie die Flucht ergreifen.

Schlimmer ist es mit Johannes. Leider hat sich das böse Gerücht bewahrheitet: er ist Kommunist geworden. Er hat alle Beziehungen zur Familie abgebrochen, kümmert sich um nichts mehr und existiert bei den abendlichen Feiern nur noch in seinem Double. Seine Augen haben einen fanatischen Ausdruck angenommen, derwischähnlich produziert er sich in öffentlichen Veranstaltungen seiner Partei, vernachlässigt seine Praxis und schreibt wütende Artikel in den entsprechenden Organen. Merkwürdigerweise trifft er sich jetzt häufiger mit Franz, der ihn und den er vergeblich zu bekehren versucht. Bei aller geistigen Entfremdung sind sie sich persönlich etwas nähergekommen.

Franz selbst habe ich lange nicht gesehen, nur von ihm gehört. Er soll von tiefer Schwermut befallen sein, hält sich in dämmrigen Kirchen auf, ich glaube, man kann seine Frömmigkeit getrost als übertrieben bezeichnen. Er fing an, seinen Beruf zu vernachlässigen, nachdem das Unheil über seine Familie gekommen war, und neulich sah ich an der Mauer eines zertrümmerten Hauses ein verblichenes Plakat mit der Aufschrift »Letzter Kampf unseres Altmeisters Lenz gegen Lecoq. Lenz hängt die Boxhandschuhe an den Nagel«. Das Plakat war vom März, und jetzt haben wir längst August. Franz soll sehr heruntergekommen sein. Ich glaube, er befindet sich in einem Zustand, der in unserer Familie bisher noch nicht vorgekommen ist: er ist arm. Zum Glück ist er ledig geblieben, die sozialen Folgen seiner unverantwortlichen Frömmigkeit treffen also nur ihn selbst. Mit erstaunlicher Hartnäckigkeit hat er versucht, einen Jugendschutz für die Kinder von Lucie zu erwirken, die er durch die abendlichen Feiern gefährdet glaubte. Aber seine Bemühungen sind ohne Erfolg geblieben; Gott sei Dank sind ja die Kinder begüterter Menschen nicht dem Zugriff sozialer Institutionen ausgesetzt.

Am wenigsten von der übrigen Verwandtschaft entfernt hat sich trotz mancher widerwärtiger Züge – Onkel Franz. Zwar hat er tatsächlich trotz seines hohen Alters eine Geliebte, auch sind seine geschäftlichen Praktiken von einer Art, die wir zwar bewundern, keinesfalls aber billigen können. Neuerdings hat er einen arbeitslosen Inspizienten aufgetan, der die abendliche Feier überwacht und sorgt, daß alles wie am Schnürchen läuft. Es läuft wirklich alles wie am Schnürchen.

<h2 style="text-align:center">XI</h2>

Fast zwei Jahre sind inzwischen verstrichen: eine lange Zeit. Und ich konnte es mir nicht versagen, auf einem meiner abendlichen Spaziergänge einmal am Hause meines Onkels vorbeizugehen, in dem nun keine natürliche Gastlichkeit mehr möglich ist, seitdem fremdes Künstlervolk dort allabendlich herumläuft und die Familienmitglieder sich befremdenden Vergnügungen hingeben. Es war ein lauer Sommerabend, als ich dort vorbeikam, und schon als ich um die Ecke in die Kastanienallee einbog, hörte ich den Vers:

»weihnachtlich glänzet der Wald...«

Ein vorüberfahrender Lastwagen machte den Rest unhörbar, ich schlich mich langsam ans Haus und sah durch einen Spalt zwischen den Vorhängen ins Zimmer: Die Ähnlichkeit der anwesenden Mimen mit den Verwandten, die sie darstellten, war so erschreckend, daß ich im Augenblick nicht erkennen konnte, wer nun wirklich an diesem Abend die Aufsicht führte – so nennen sie es. Die Zwerge konnte ich nicht sehen, aber hören. Ihr zirpendes Gebimmel bewegt sich auf Wellenlängen, die durch alle Wände dringen. Das Flüstern des Engels war unhörbar. Meine Tante schien wirklich glücklich zu sein: sie plauderte mit dem Prälaten, und erst spät erkannte ich meinen Schwager als einzige, wenn man so sagen darf, reale Person. Ich erkannte ihn daran, wie er beim Auspusten des Streichholzes die Lippen spitzte. Es scheint doch unverwechselbare Züge der Individualität zu geben. Dabei kam mir der Gedanke, daß die Schauspieler offenbar auch mit Zigarren, Zigaretten und Wein traktiert werden – zudem gibt es ja jeden Abend Spargel. Wenn sie unverschämt sind – und welcher Künstler wäre das nicht? –, bedeutet dies eine erhebliche zusätzliche Verteuerung für meinen Onkel. Die Kinder spielten mit Puppen und hölzernen Wagen in einer Zimmerecke: sie sahen blaß und müde aus. Tatsächlich, vielleicht müßte man auch an sie denken. Mir kam der Gedanke, daß man sie vielleicht durch Wachspuppen ersetzen könne, solcherart, wie sie in den Schaufenstern der Drogerien als Reklame für Milchpulver und Hautcreme Verwendung finden. Ich finde, die sehen doch recht natürlich aus.

Tatsächlich will ich die Verwandtschaft einmal auf die möglichen Auswirkungen dieser ungewöhnlichen täglichen Erregung auf die kindlichen Gemüter aufmerksam machen. Obwohl eine gewisse Disziplin ihnen ja nichts schadet, scheint man sie hier doch über Gebühr zu beanspruchen.

Ich verließ meinen Beobachtungsposten, als man drinnen anfing, »Stille Nacht« zu singen. Ich konnte das Lied wirklich nicht ertragen. Die Luft war so lau – und ich hatte einen Augenblick lang den Eindruck, einer Versammlung von Gespenstern beizuwohnen. Ein scharfer Appetit auf saure Gurken befiel mich ganz plötzlich und ließ mich leise ahnen, wie sehr Lucie gelitten haben muß.

XII

Inzwischen ist es mir gelungen, durchzusetzen, daß die Kinder durch Wachspuppen ersetzt werden. Die Anschaffung war kostspielig – Onkel Franz scheute lange davor zurück –, aber es war nicht länger zu verantworten, die Kinder täglich mit Marzipan zu füttern und sie Lieder singen zu lassen, die ihnen auf die Dauer psychisch schaden können. Die Anschaffung der Puppen erwies sich als nützlich, weil Karl und Lucie wirklich auswanderten und auch Johannes seine Kinder aus dem Haushalt des Vaters zog. Zwischen großen Überseekisten stehend, habe ich mich von Karl, Lucie und den Kindern verabschiedet, sie erschienen mir glücklich, wenn auch etwas beunruhigt. Auch Johannes ist aus unserer Stadt weggezogen. Irgendwo ist er damit beschäftigt, einen Bezirk seiner Partei umzuorganisieren.

Onkel Franz ist lebensmüde. Mit klagender Stimme erzählte er mir neulich, daß man immer wieder vergißt, die Puppen abzustauben. Überhaupt machen ihm die Dienstboten Schwierigkeiten, und die Schauspieler scheinen zur Disziplinlosigkeit zu neigen. Sie trinken mehr, als ihnen zusteht, und einige sind dabei ertappt worden, daß sie sich Zigarren und Zigaretten einsteckten. Ich riet meinem Onkel, ihnen gefärbtes Wasser vorzusetzen und Pappezigarren anzuschaffen.

Die einzig Zuverlässigen sind meine Tante und der Prälat. Sie plaudern miteinander über die gute alte Zeit, kichern und scheinen recht vergnügt und unterbrechen ihr Gespräch nur, wenn ein Lied angestimmt wird.

Jedenfalls: Die Feier wird fortgesetzt.

Mein Vetter Franz hat eine merkwürdige Entwicklung genommen. Er ist als Laienbruder in ein Kloster der Umgebung aufgenommen worden. Als ich ihn zum erstenmal in der Kutte sah, war ich erschreckt: diese große Gestalt mit der zerschlagenen Nase und den dicken Lippen, sein schwermütiger Blick – er erinnerte mich mehr an einen Sträfling als an einen Mönch. Es schien fast, als habe er meine Gedanken erraten. »Wir sind mit dem Leben bestraft«, sagte er leise. Ich folgte ihm ins Sprechzimmer. Wir unterhielten uns stockend, und er war offenbar erleichtert, als die Glocke ihn zum Gebet in die Kirche rief. Ich blieb nachdenklich stehen, als er ging: er eilte sehr, und seine Eile schien aufrichtig zu sein.

Es wird etwas geschehen

Eine handlungsstarke Geschichte

Zu den merkwürdigsten Abschnitten meines Lebens gehört wohl der, den ich als Angestellter in Alfred Wunsiedels Fabrik zubrachte. Von Natur bin ich mehr dem Nachdenken und dem Nichtstun zugeneigt als der Arbeit, doch hin und wieder zwingen mich anhaltende finanzielle Schwierigkeiten – denn Nachdenken bringt sowenig ein wie Nichtstun –, eine sogenannte Stelle anzunehmen. Wieder einmal auf einem solchen Tiefpunkt angekommen, vertraute ich mich der Arbeitsvermittlung an und wurde mit sieben anderen Leidensgenossen in Wunsiedels Fabrik geschickt, wo wir einer Eignungsprüfung unterzogen werden sollten.

Schon der Anblick der Fabrik machte mich mißtrauisch: die Fabrik war ganz aus Glasziegeln gebaut, und meine Abneigung gegen helle Gebäude und helle Räume ist so stark wie meine Abneigung gegen die Arbeit. Noch mißtrauischer wurde ich, als uns in der hellen, fröhlich ausgemalten Kantine gleich ein Frühstück serviert wurde: hübsche Kellnerinnen brachten uns Eier, Kaffee und Toaste, in geschmackvollen Karaffen stand Orangensaft; Goldfische drückten ihre blasierten Gesichter gegen die Wände hellgrüner Aquarien. Die Kellnerinnen waren so fröhlich, daß sie vor Fröhlichkeit fast zu platzen schienen. Nur starke Willensanstrengung – so schien mir – hielt sie davon zurück, dauernd zu trällern. Sie waren mit ungesungenen Liedern so angefüllt wie Hühner mit ungelegten Eiern.

Ich ahnte gleich, was meine Leidensgenossen nicht zu ahnen schienen: daß auch dieses Frühstück zur Prüfung gehöre; und so kaute ich hingebungsvoll, mit dem vollen Bewußtsein eines Menschen, der genau weiß, daß er seinem Körper wertvolle Stoffe zuführt. Ich tat etwas, wozu mich normalerweise keine Macht dieser Welt bringen würde: ich trank auf den nüchternen Magen Orangensaft, ließ den Kaffee und ein Ei stehen, den größten Teil des Toasts liegen, stand auf und marschierte handlungsschwanger in der Kantine auf und ab.

So wurde ich als erster in den Prüfungsraum geführt, wo auf reizenden Tischen die Fragebogen bereitlagen. Die Wände waren in einem Grün getönt, das Einrichtungsfanatikern das Wort »entzückend« auf die Lippen gezaubert hätte. Niemand war zu sehen, und doch war ich so sicher, beobachtet zu werden, daß ich mich benahm, wie ein Handlungsschwangerer sich benimmt, wenn er sich unbeobachtet glaubt: ungeduldig riß ich meinen Füllfederhalter aus der Tasche, schraubte ihn auf, setzte mich an den nächstbesten Tisch und zog den Fragebogen an mich heran, wie Choleriker Wirtshausrechnungen zu sich hinziehen.

Erste Frage: Halten Sie es für richtig, daß der Mensch nur zwei Arme, zwei Beine, Augen und Ohren hat?

Hier erntete ich zum ersten Male die Früchte meiner Nachdenklichkeit und schrieb ohne Zögern hin: »Selbst vier Arme, Beine, Augen, Ohren würden meinem Tatendrang nicht genügen. Die Ausstattung des Menschen ist kümmerlich.«

Zweite Frage: Wieviel Telefone können Sie gleichzeitig bedienen?

Auch hier war die Antwort so leicht wie die Lösung einer Gleichung ersten Grades. »Wenn es nur sieben Telefone sind«, schrieb ich, »werde ich ungeduldig, erst bei neun fühle ich mich vollkommen ausgelastet.«

Dritte Frage: Was machen Sie nach Feierabend?

Meine Antwort: »Ich kenne das Wort Feierabend nicht mehr, an meinem fünfzehnten Geburtstag strich ich es aus meinem Vokabular, denn am Anfang war die Tat.«

Ich bekam die Stelle. Tatsächlich fühlte ich mich sogar mit

den neun Telefonen nicht ganz ausgelastet. Ich rief in die Muscheln der Hörer: »Handeln Sie sofort!« oder: »Tun Sie etwas! – Es muß etwas geschehen – Es wird etwas geschehen – Es ist etwas geschehen – Es sollte etwas geschehen.« Doch meistens – denn das schien mir der Atmosphäre gemäß – bediente ich mich des Imperativs.

Interessant waren die Mittagspausen, wo wir in der Kantine, von lautloser Fröhlichkeit umgeben, vitaminreiche Speisen aßen. Es wimmelte in Wunsiedels Fabrik von Leuten, die verrückt darauf waren, ihren Lebenslauf zu erzählen, wie eben handlungsstarke Persönlichkeiten es gern tun. Ihr Lebenslauf ist ihnen wichtiger als ihr Leben, man braucht nur auf einen Knopf zu drücken, und schon erbrechen sie ihn in Ehren.

Wunsiedels Stellvertreter war ein Mann mit Namen Broschek, der seinerseits einen gewissen Ruhm erworben hatte, weil er als Student sieben Kinder und eine gelähmte Frau durch Nachtarbeit ernährt, zugleich vier Handelsvertretungen erfolgreich ausgeübt und dennoch innerhalb von zwei Jahren zwei Staatsprüfungen mit Auszeichnung bestanden hatte. Als ihn Reporter gefragt hatten: »Wann schlafen Sie denn, Broschek?«, hatte er geantwortet: »Schlafen ist Sünde!«

Wunsiedels Sekretärin hatte einen gelähmten Mann und vier Kinder durch Stricken ernährt, hatte gleichzeitig in Psychologie und Heimatkunde promoviert, Schäferhunde gezüchtet und war als Barsängerin unter dem Namen *Vamp 7* berühmt geworden.

Wunsiedel selbst war einer von den Leuten, die morgens, kaum erwacht, schon entschlossen sind, zu handeln. »Ich muß handeln«, denken sie, während sie energisch den Gürtel des Bademantels zuschnüren. »Ich muß handeln«, denken sie, während sie sich rasieren, und sie blicken triumphierend auf die Barthaare, die sie mit dem Seifenschaum von ihrem

Rasierapparat abspülen: Diese Reste der Behaarung sind die ersten Opfer ihres Tatendranges. Auch die intimeren Verrichtungen lösen Befriedigung bei diesen Leuten aus: Wasser rauscht, Papier wird verbraucht. Es ist etwas geschehen. Brot wird gegessen, dem Ei wird der Kopf abgeschlagen.

Die belangloseste Tätigkeit sah bei Wunsiedel wie eine Handlung aus: wie er den Hut aufsetzte, wie er – bebend vor Energie – den Mantel zuknöpfte, der Kuß, den er seiner Frau gab, alles war Tat.

Wenn er sein Büro betrat, rief er seiner Sekretärin als Gruß zu: »Es muß etwas geschehen!« Und diese rief frohen Mutes: »Es wird etwas geschehen!« Wunsiedel ging dann von Abteilung zu Abteilung, rief sein fröhliches: »Es muß etwas geschehen!« Alle antworteten: »Es wird etwas geschehen!« Und auch ich rief ihm, wenn er mein Zimmer betrat, strahlend zu: »Es wird etwas geschehen!«

Innerhalb der ersten Woche steigerte ich die Zahl der bedienten Telefone auf elf, innerhalb der zweiten Woche auf dreizehn, und es machte mir Spaß, morgens in der Straßenbahn neue Imperative zu erfinden oder das Verbum *geschehen* durch die verschiedenen Tempora, durch die verschiedenen Genera, durch Konjunktiv und Indikativ zu hetzen; zwei Tage lang sagte ich nur den einen Satz, weil ich ihn so schön fand: »Es hätte etwas geschehen müssen«, zwei weitere Tage lang einen anderen: »Das hätte nicht geschehen dürfen.«

So fing ich an, mich tatsächlich ausgelastet zu fühlen, als wirklich etwas geschah. An einem Dienstagmorgen – ich hatte mich noch gar nicht richtig zurechtgesetzt – stürzte Wunsiedel in mein Zimmer und rief sein »Es muß etwas geschehen!« Doch etwas Unerklärliches auf seinem Gesicht ließ mich zögern, fröhlich und munter, wie es vorgeschrieben war, zu antworten: »Es wird etwas geschehen!« Ich zögerte wohl zu lange, denn Wunsiedel, der sonst selten schrie, brüllte mich an: »Antworten Sie! Antworten Sie, wie es vorgeschrieben ist!« Und ich antwortete leise und widerstrebend wie ein Kind, das man zu sagen zwingt: ich bin ein böses Kind. Nur mit großer Anstrengung brachte ich den Satz heraus: »Es wird etwas geschehen«, und kaum hatte ich ihn ausgesprochen, da geschah tatsächlich etwas: Wunsiedel stürzte zu Boden, rollte im Stürzen auf die Seite und lag quer vor der offenen Tür. Ich wußte gleich, was sich mir bestätigte, als ich langsam um meinen Tisch herum auf den Liegenden zuging: daß er tot war.

Kopfschüttelnd stieg ich über Wunsiedel hinweg, ging langsam durch den Flur zu Broscheks Zimmer und trat dort, ohne anzuklopfen, ein. Broschek saß an seinem Schreibtisch, hatte in jeder Hand einen Telefonhörer, im Mund einen Kugelschreiber, mit dem er Notizen auf einen Block schrieb, während er mit den bloßen Füßen eine Strickmaschine bediente, die unter dem Schreibtisch stand. Auf diese Weise trägt er dazu bei, die Bekleidung seiner Familie zu vervollständigen. »Es ist etwas geschehen«, sagte ich leise.

Broschek spuckte den Kugelstift aus, legte die beiden Hörer hin, löste zögernd seine Zehen von der Strickmaschine.

»Was ist denn geschehen?« fragte er.

»Herr Wunsiedel ist tot«, sagte ich.

»Nein«, sagte Broschek.

»Doch«, sagte ich, »kommen Sie!«

»Nein«, sagte Broschek, »das ist unmöglich«, aber er schlüpfte in seine Pantoffeln und folgte mir über den Flur.

»Nein«, sagte er, als wir an Wunsiedels Leiche standen, »nein, nein!« Ich widersprach ihm nicht. Vorsichtig drehte ich Wunsiedel auf den Rücken, drückte ihm die Augen zu und betrachtete ihn nachdenklich.

Ich empfand fast Zärtlichkeit für ihn, und zum ersten Male wurde mir klar, daß ich ihn nie gehaßt hatte. Auf seinem Gesicht war etwas, wie es auf den Gesichtern der Kinder ist, die sich hartnäckig weigern, ihren Glauben an den Weihnachtsmann aufzugeben, obwohl die Argumente der Spielkameraden so überzeugend klingen.

»Nein«, sagte Broschek, »nein.«

»Es muß etwas geschehen«, sagte ich leise zu Broschek.

»Ja«, sagte Broschek, »es muß etwas geschehen.«

Es geschah etwas: Wunsiedel wurde beerdigt, und ich wurde ausersehen, einen Kranz künstlicher Rosen hinter seinem Sarg herzutragen, denn ich bin nicht nur mit einem Hang zur Nachdenklichkeit und zum Nichtstun ausgestattet, sondern auch mit einer Gestalt und einem Gesicht, die sich vorzüglich für schwarze Anzüge eignen. Offenbar habe ich – mit dem Kranz künstlicher Rosen in der Hand hinter Wunsiedels Sarg hergehend – großartig ausgesehen. Ich erhielt das Angebot eines eleganten Beerdigungsinstitutes, dort als berufsmäßiger Trauernder einzutreten. »Sie sind der geborene Trauernde«, sagte der Leiter des Instituts, »die Garderobe bekommen Sie gestellt. Ihr Gesicht – einfach großartig!«

Ich kündigte Broschek mit der Begründung, daß ich mich dort nicht richtig ausgelastet fühle, daß Teile meiner Fähigkeiten trotz der dreizehn Telefone brachlägen. Gleich nach meinem ersten berufsmäßigen Trauergang wußte ich: Hierhin gehörst du, das ist der Platz, der für dich bestimmt ist.

Nachdenklich stehe ich hinter dem Sarg in der Trauerkapelle, mit einem schlichten Blumenstrauß in der Hand, während Händels *Largo* gespielt wird, ein Musikstück, das viel zu wenig geachtet ist. Das Friedhofscafé ist mein Stammlokal, dort verbringe ich die Zeit zwischen meinen beruflichen Auftritten, doch manchmal gehe ich auch hinter Särgen her, zu denen ich nicht beordert bin, kaufe aus meiner Tasche einen Blumenstrauß und geselle mich zu dem Wohlfahrtsbeamten, der hinter dem Sarg eines Heimatlosen hergeht. Hin und wieder auch besuche ich Wunsiedels Grab, denn schließlich verdanke ich es ihm, daß ich meinen eigentlichen Beruf entdeckte, einen Beruf, bei dem Nachdenklichkeit geradezu erwünscht und Nichtstun meine Pflicht ist.

Spät erst fiel mir ein, daß ich mich nie für den Artikel interessiert habe, der in Wunsiedels Fabrik hergestellt wurde. Es wird wohl Seife gewesen sein.

Hauptstädtisches Journal

Montag:
Leider kam ich zu spät an, als daß ich noch hätte ausgehen oder jemanden besuchen können; es war 23.30 Uhr, als ich ins Hotel kam, und ich war müde. So blieb mir nur vom Hotelzimmer aus der Blick auf diese Stadt, die so von Leben sprüht; wie das brodelt, pulsiert, fast überkocht: da stecken Energien, die noch nicht freigelegt sind. Die Hauptstadt ist noch nicht das, was sie sein könnte. Ich rauchte eine Zigarre, gab mich ganz dieser faszinierenden Elektrizität hin, zögerte, ob ich nicht doch Inn anrufen könne, ergab mich schließlich seufzend und studierte noch einmal mein wichtiges Material. Gegen Mitternacht ging ich ins Bett: hier fällt es mir immer schwer, schlafen zu gehen. Diese Stadt ist dem Schlafe abhold.

Nachts notiert:
Merkwürdiger, sehr merkwürdiger Traum: Ich ging durch einen Wald von Denkmälern; regelmäßige Reihen; in kleinen Lichtungen waren zierliche Parks angelegt, in deren Mitte wiederum ein Denkmal stand; alle Denkmäler waren gleich; Hunderte, nein Tausende: ein Mann in Rührt-euch-Stellung, dem Faltenwurf seiner weichen Stiefel nach offenbar Offizier, doch waren Brust, Gesicht, Sockel an Denkmälern noch mit einem Tuch verhangen – plötzlich wurden alle Denkmäler gleichzeitig enthüllt, und ich erkannte, eigentlich ohne allzusehr überrascht zu sein, daß *ich* es war, der auf dem Sockel stand; ich bewegte mich auf dem Sockel, lächelte, und da auch die Umhüllung des Sockels gefallen war, las ich viele Tausende Male meinen Namen: *Erich von Machorka-Muff*. Ich lachte, und tausendfach kam das Lachen aus meinem eigenen Munde auf mich zurück.

Dienstag:

Von einem tiefen Glücksgefühl erfüllt, schlief ich wieder ein, erwachte frisch und betrachtete mich lachend im Spiegel: solche Träume hat man nur in der Hauptstadt. Während ich mich noch rasierte, der erste Anruf von Inn. (So nenne ich meine alte Freundin Inniga von Zaster-Pehnunz, aus jungem Adel, aber altem Geschlecht: Innigas Vater, Ernst von Zaster, wurde zwar von Wilhelm dem Zweiten erst zwei Tage vor dessen Abdankung geadelt, doch habe ich keine Bedenken, Inn als ebenbürtige Freundin anzusehen.)

Inn war am Telefon – wie immer – süß, flocht einigen Klatsch ein und gab mir auf ihre Weise zu verstehen, daß das Projekt, um dessentwillen ich in die Hauptstadt gekommen bin, bestens vorangeht. »Der Weizen blüht«, sagte sie leise, und dann, nach einer winzigen Pause: »Heute noch wird das Baby getauft.« Sie hängte schnell ein, um zu verhindern, daß ich in meiner Ungeduld Fragen stellte. Nachdenklich ging ich ins Frühstückszimmer hinunter: Ob sie tatsächlich schon die Grundsteinlegung gemeint hat? Noch sind meinem aufrichtig-kernigen Soldatengemüt Inns Verschlüsselungen unklar.

Im Frühstücksraum wieder diese Fülle markiger Gesichter, vorwiegend guter Rasse: meiner Gewohnheit gemäß vertrieb ich mir die Zeit, indem ich mir vorstellte, wer für welche Stellung wohl zu gebrauchen sei: noch bevor mein Ei geschält war, hatte ich zwei Regimentsstäbe bestens besetzt, einen Divisionsstab, und es blieben noch Kandidaten für den Generalstab übrig; das sind so Planspiele, wie sie einem alten Menschenkenner wie mir liegen. Die Erinnerung an den Traum erhöhte meine gute Stimmung: merkwürdig, durch einen Wald von Denkmälern zu spazieren, auf deren Sockeln man sich selbst erblickt. Merkwürdig. Ob die Psychologen wirklich schon alle Tiefen des Ich erforscht haben?

Ich ließ mir meinen Kaffee in die Halle bringen, rauchte eine Zigarre und beobachtete lächelnd die Uhr: 9.56 Uhr – ob

Heffling pünktlich sein würde? Ich hatte ihn sechs Jahre lang nicht gesehen, wohl hin und wieder mit ihm korrespondiert (den üblichen Postkartenwechsel, den man mit Untergebenen im Mannschaftsrang pflegt).

Tatsächlich ertappte ich mich dabei, um Hefflings Pünktlichkeit zu zittern; ich neige eben dazu, alles symptomatisch zu sehen: Hefflings Pünktlichkeit wurde für mich zu *der* Pünktlichkeit der Mannschaftsdienstgrade. Gerührt dachte ich an den Ausspruch meines alten DIVISIONÄRS Welk von Schnomm, der zu sagen pflegte: »Macho, Sie sind und bleiben ein Idealist.« (Das Grabschmuckabonnement für Schnomms Grab erneuern!)

Bin ich ein Idealist? Ich versank in Grübeln, bis Hefflings Stimme mich aufweckte: ich blickte zuerst auf die Uhr: zwei Minuten nach zehn (dieses winzige Reservat an Souveränität habe ich ihm immer belassen) – dann ihn an: fett ist der Bursche geworden, Rattenspeck um den Hals herum, das Haar gelichtet, doch immer noch das phallische Funkeln in seinen Augen, und sein »Zur Stelle, Herr Oberst« klang wie in alter Zeit. »Heffling!« rief ich, klopfte ihm auf die Schulter und bestellte einen Doppelkorn für ihn. Er nahm Haltung an, während er den Schnaps vom Tablett des Kellners nahm; ich zupfte ihn am Ärmel, führte ihn in die Ecke, und bald waren wir in Erinnerungen vertieft: »Damals bei Schwichi-Schwaloche, wissen Sie noch, die neunte...?« Wohltuend zu bemerken, wie wenig der kernige Geist des Volkes von modischen Imponderabilien angefressen werden kann; da findet sich doch immer noch die lodenmantelige Biederkeit, das herzhafte Männerlachen und stets die Bereitschaft zu einer kräftigen Zote. Während Heffling mir einige Varianten des uralten Themas zuflüsterte, beobachtete ich, daß Murcks-Maloche – verabredungsgemäß, ohne mich anzusprechen – die Halle betrat und in den hinteren Räumen des Restaurants verschwand. Ich gab Heffling durch einen

Blick auf meine Armbanduhr zu verstehen, daß ich eilig sei, und mit dem gesunden Takt des einfachen Volkes begriff er gleich, daß er zu gehen habe. »Besuchen Sie uns einmal, Herr Oberst, meine Frau würde sich freuen.« Herzhaft lachend gingen wir zusammen zur Portiersloge, und ich versprach Heffling, ihn zu besuchen. Vielleicht bahnt sich ein kleines Abenteuer mit seiner Frau an; hin und wieder habe ich Appetit auf die derbe Erotik der niederen Klassen, und man weiß nie, welche Pfeile Amor in seinem Köcher noch in Reserve hält.

Ich nahm neben Murcks Platz, ließ Hennessy kommen und sagte, nachdem der Kellner gegangen war, in meiner direkten Art:

»Nun, schieß los, ist es wirklich soweit?«

»Ja, wir haben's geschafft.« Er legte seine Hand auf meine, sagte flüsternd: »Ich bin ja so froh, so froh, Macho.«

»Auch ich freue mich«, sagte ich warm, »daß einer meiner Jugendträume Wirklichkeit geworden ist. Und das in einer Demokratie.«

»Eine Demokratie, in der wir die Mehrheit des Parlaments auf unserer Seite haben, ist weitaus besser als eine Diktatur.«

Ich spürte das Bedürfnis, mich zu erheben; mir war feierlich zumute; historische Augenblicke haben mich immer ergriffen. »Murcks«, sagte ich mit tränenerstickter Stimme, »es ist also wirklich wahr?«

»Es ist wahr, Macho«, sagte er.

»Sie steht?«

»Sie steht ... heute wirst du die Einweihungsrede halten. Der erste Lehrgang ist schon einberufen. Vorläufig sind die Teilnehmer noch in Hotels untergebracht, bis das Projekt öffentlich deklariert werden kann.«

»Wird die Öffentlichkeit – wird sie es schlucken?«

»Sie wird es schlucken – sie schluckt alles«, sagte Murcks.

»Steh auf, Murcks«, sagte ich. »Trinken wir, trinken wir auf den Geist, dem dieses Gebäude dienen wird: auf den Geist militärischer Erinnerung!«

Wir stießen an und tranken.

*

Ich war zu ergriffen, als daß ich am Vormittag noch zu ernsthaften Unternehmungen fähig gewesen wäre; ruhelos ging ich auf mein Zimmer, von dort in die Halle, wanderte durch diese bezaubernde Stadt, nachdem Murcks ins Ministerium gefahren war. Obwohl ich Zivil trug, hatte ich das Gefühl, einen Degen hinter mir, neben mir herzuschleppen; es gibt Gefühle, die eigentlich nur in einer Uniform Platz haben. Wieder, während ich so durch die Stadt schlenderte, erfüllt von der Vorfreude auf das Tête-à-Tête mit Inn, beschwingt von der Gewißheit, daß mein Plan Wirklichkeit geworden sei – wieder hatte ich allen Grund, mich eines Ausdrucks von Schnomm zu erinnern: »Macho, Macho«, pflegte er zu sagen, »immer mit dem Kopf in den Wolken.« Das sagte er auch damals, als mein Regiment nur noch aus dreizehn Männern bestand und ich vier von diesen Männern wegen Meuterei erschießen ließ.

Zur Feier des Tages genehmigte ich mir in der Nähe des Bahnhofs einen Aperitif, blätterte einige Zeitungen durch, studierte flüchtig ein paar Leitartikel zur Wehrpolitik und versuchte mir vorzustellen, was Schnomm – lebte er noch – gesagt hätte, würde er diese Artikel lesen. »Diese Christen«, hätte er gesagt, »diese Christen – wer hätte das von ihnen erwarten können!«

Endlich war es soweit, daß ich ins Hotel gehen und mich zum Rendezvous mit Inn umziehen konnte: Ihr Hupsignal – ein Beethovenmotiv – veranlaßte mich, aus dem Fenster zu blicken; aus ihrem zitronengelben Wagen winkte sie mir zu; zitronengelbes Haar, zitronengelbes Kleid, schwarze Handschuhe. Seufzend, nachdem ich ihr eine Kußhand zugeworfen, ging ich zum Spiegel, band meine Krawatte und stieg die Treppe hinunter; Inn wäre die richtige Frau für mich, doch ist sie schon siebenmal geschieden und begreiflicherweise dem Experiment Ehe gegenüber skeptisch; auch trennen uns weltanschauliche Abgründe: Sie stammt aus streng protestantischem, ich aus streng katholischem Geschlecht – immerhin verbinden uns Ziffern symbolisch: wie sie siebenmal geschieden ist, bin ich siebenmal verwundet. Inn!! Noch kann ich mich nicht ganz daran gewöhnen, auf der Straße geküßt zu werden...

Inn weckte mich gegen 16.17 Uhr: starken Tee und Ingwergebäck hatte sie bereit, und wir gingen schnell noch einmal das Material über Hürlanger-Hiß durch, den unvergessenen Marschall, dessen Andenken wir das Haus zu weihen gedenken.

Schon während ich, den Arm über Inns Schulter gelegt, in Erinnerungen an ihr Liebesgeschenk verloren, noch einmal die Akten über Hürlanger studierte, hörte ich Marschmusik; Trauer beschlich mich, denn diese Musik, wie alle inneren Erlebnisse dieses Tages, in Zivil zu erleben, fiel mir unsäglich schwer.

Die Marschmusik und Inns Nähe lenkten mich vom Aktenstudium ab; doch hatte Inn mir mündlich genügend berichtet, so daß ich für meine Rede gewappnet war. Es klingelte, als Inn mir die zweite Tasse Tee einschenkte; ich erschrak, aber Inn lächelte beruhigend. »Ein hoher Gast«, sagte sie, als sie aus der Diele zurückkam, »ein Gast, den wir nicht hier empfangen können.« Sie deutete schmunzelnd auf das zerwühlte Bett, das noch in köstlicher Liebesunordnung dalag. »Komm«, sagte sie. Ich stand auf, folgte ihr etwas benommen und war aufrichtig überrascht, in ihrem Salon mich dem Verteidigungsminister gegenüberzusehen. Dessen aufrichtig-derbes Gesicht glänzte. »General von Machorka-Muff«, sagte er strahlend, »willkommen in der Hauptstadt!«

Ich traute meinen Ohren nicht. Schmunzelnd überreichte mir der Minister meine Ernennungsurkunde.

Zurückblickend kommt es mir vor, als hätte ich einen Augenblick geschwankt und ein paar Tränen unterdrückt; doch weiß ich nicht sicher, was sich wirklich in meinem Innern abspielte; nur entsinne ich mich noch, daß mir entschlüpfte: »Aber Herr Minister – die Uniform – eine halbe Stunde vor Beginn der Feierlichkeiten…« Schmunzelnd – oh, die treffliche Biederkeit dieses Mannes! – blickte er zu Inn hinüber, Inn schmunzelte zurück, zog einen geblümten Vorhang, der eine Ecke des Zimmers abteilte, zurück, und da hing sie, hing meine Uniform, ordengeschmückt… Die Ereignisse, die Erlebnisse überstürzten sich in einer Weise, daß ich rückblickend nur noch in kurzen Stichworten ihren Gang notieren kann:

Wir erfrischten den Minister mit einem Trunk Bier, während ich mich in Inns Zimmer umzog.

Fahrt zum Grundstück, das ich zum ersten Mal sah: außerordentlich bewegte mich der Anblick dieses Geländes, auf dem also mein Lieblingsprojekt Wirklichkeit werden soll: die *Akademie für militärische Erinnerungen*, in der jeder ehemalige Soldat vom Major aufwärts Gelegenheit haben soll, im Gespräch mit Kameraden, in Zusammenarbeit mit der kriegsgeschichtlichen Abteilung des Ministeriums seine Memoiren niederzulegen; ich denke, daß ein sechswöchiger Kursus genügen könnte, doch ist das Parlament bereit, die Mittel auch für Dreimonatskurse zur Verfügung zu stellen. Außerdem dachte ich daran, in einem Sonderflügel einige gesunde Mädchen aus dem Volke unterzubringen, die den von Erinnerungen hart geplagten Kameraden die abendlichen Ruhestunden versüßen könnten. Sehr viel Mühe habe ich darauf verwendet, die treffenden Inschriften zu finden. So soll der Hauptflügel in goldenen Lettern die Inschrift tragen: MEMORIA DEXTERA EST; der Mädchenflügel, in dem auch die Bäder liegen sollen, hingegen die Inschrift: BALNEUM ET AMOR MARTIS DECOR. Der Minister gab mir jedoch auf der Hinfahrt zu verstehen, diesen Teil meines Planes noch nicht zu erwähnen; er fürchtete – vielleicht mit Recht – den Widerspruch christlicher Fraktionskollegen, obwohl – wie er schmunzelnd meinte – über einen Mangel an Liberalisierung nicht geklagt werden könne.

Fahnen säumten das Grundstück, die Kapelle spielte: *Ich hatt' einen Kameraden*, als ich neben dem Minister auf die Tribüne zuschritt. Da der Minister in seiner gewohnten Bescheidenheit es ablehnte, das Wort zu ergreifen, stieg ich gleich aufs Podium, musterte erst die Reihe der angetretenen Kameraden, und, von Inn durch ein Augenzwinkern ermutigt, fing ich zu sprechen an:

»Herr Minister, Kameraden! Dieses Gebäude, das den Namen *Hürlanger-Hiß-Akademie für militärische Erinnerungen* tragen soll, bedarf keiner Rechtfertigung. Einer Rechtfertigung aber bedarf der Name Hürlanger-Hiß, der lange – ich möchte sagen, bis heute – als diffamiert gegolten hat. Sie alle wissen, welcher Makel auf diesem Namen ruht: Als die Armee des Marschalls Emil von Hürlanger-Hiß bei Schwichi-Schwaloche den Rückzug antreten mußte, konnte Hürlanger-Hiß nur 8500 Mann Verluste nachweisen. Nach Berechnungen erfahrener Rückzugsspezialisten des Tapirs – so nannten wir im vertrauten Gespräch Hitler, wie Sie wissen – hätte seine Armee aber bei entsprechendem Kampfesmut 12 300 Mann Verluste haben müssen. Sie wissen auch, Herr Minister und meine Kameraden, wie schimpflich Hürlanger-Hiß behandelt wurde: Er wurde nach Biarritz strafversetzt, wo er an einer Hummervergiftung starb. Jahre – vierzehn Jahre insgesamt – hat diese Schmach auf seinem Namen geruht. Sämtliches Material über Hürlangers Armee fiel in die Hände der Handlanger des Tapirs, später in die der Alliierten, aber heute, heute«, rief ich und machte eine

Pause, um den folgenden Worten den nötigen Nachdruck zu verleihen – »heute kann als nachgewiesen gelten, und ich bin bereit, das Material der Öffentlichkeit vorzulegen, es kann als nachgewiesen gelten, daß die Armee unseres verehrten Marschalls bei Schwichi-Schwaloche Verluste von insgesamt 14700 Mann – ich wiederhole: 14700 Mann – gehabt hat; es kann damit als bewiesen gelten, daß seine Armee mit beispielloser Tapferkeit gekämpft hat, und sein Name ist wieder rein.«

Während ich den ohrenbetäubenden Applaus über mich ergehen ließ, bescheiden die Ovation von mir auf den Minister ablenkte, hatte ich Gelegenheit, in den Gesichtern der Kameraden zu lesen, daß auch sie von der Mitteilung überrascht waren; wie geschickt hat doch Inn ihre Nachforschungen betrieben!

Unter den Klängen von *Siehst du im Osten das Morgenrot* nahm ich aus des Maurers Hand Kelle und Stein entgegen und mauerte den Grundstein ein, der ein Foto von Hürlanger-Hiß und eines seiner Achselstücke enthielt.

An der Spitze der Truppe marschierte ich vom Grundstück zur Villa *Zum goldenen Zaster*, die uns Inns Familie zur Verfügung gestellt hat, bis die Akademie fertig ist. Hier gab es einen kurzen, scharfen Umtrunk, ein Dankeswort des Ministers, die Verlesung eines Kanzlertelegramms, bevor der gesellige Teil anfing.

Der gesellige Teil wurde eröffnet durch ein Konzert für sieben Trommeln, das von sieben ehemaligen Generälen gespielt wurde; mit Genehmigung des Komponisten, eines Hauptmanns mit musischen Ambitionen, wurde verkündet, daß es das Hürlanger-Hiß-Gedächtnisseptett genannt werden solle. Der gesellige Teil wurde ein voller Erfolg: Lieder wurden gesungen, Anekdoten erzählt, Verbrüderungen fanden statt, aller Streit wurde begraben.

Mittwoch:

Es blieb uns gerade eine Stunde Zeit, uns auf den feierlichen Gottesdienst vorzubereiten; in lockerer Marschordnung zogen wir dann gegen 7.30 Uhr zum Münster. Inn stand in der Kirche neben mir, und es erheiterte mich, als sie mir zuflüsterte, daß sie in einem Oberst ihren zweiten, in einem Oberstleutnant ihren fünften und in einem Hauptmann ihren sechsten Mann erkannte: »Und dein achter«, flüsterte ich ihr zu, »wird ein General.« Mein Entschluß war gefaßt; Inn errötete; sie zögerte nicht, als ich sie nach dem Gottesdienst in die Sakristei führte, um sie dem Prälaten, der zelebriert hatte, vorzustellen. »Tatsächlich, meine Liebe«, sagte dieser, nachdem wir die kirchenrechtliche Situation besprochen hatten, »da keine Ihrer vorigen Ehen kirchlich geschlossen wurde, besteht kein Hindernis, Ihre Ehe mit Herrn General von Machorka-Muff kirchlich zu schließen.«

Unter solchen Auspizien verlief unser Frühstück, das wir à deux einnahmen, fröhlich; Inn war von einer neuen, mir unbekannten Beschwingtheit. »So fühle ich mich immer«, sagte sie, »wenn ich Braut bin.« Ich ließ Sekt kommen.

Um unsere Verlobung, die wir zunächst geheimzuhalten beschlossen, ein wenig zu feiern, fuhren wir zum Petersberg hinauf, wo wir von Inns Kusine, einer geborenen Zechine, zum Essen eingeladen waren. Inns Kusine war süß.

Nachmittag und Abend gehörten ganz der Liebe, die Nacht dem Schlaf.

Donnerstag:

Noch kann ich mich nicht ganz daran gewöhnen, daß ich nun hier wohne und arbeite; es ist zu traumhaft; hielt am Morgen mein erstes Referat: »Die Erinnerung als geschichtlicher Auftrag.«

Mittags Ärger. Murcks-Maloche besuchte mich im Auftrage des Ministers in der Villa *Zum goldenen Zaster* und berichtete über eine Mißfallensäußerung der Opposition unserem Akademieprojekt gegenüber.

»Opposition«, fragte ich, »was ist das?« Murcks klärte mich auf. Ich fiel wie aus allen Wolken. »Was ist denn nun«, fragte ich ungeduldig, »haben wir die Mehrheit oder haben wir sie nicht?«

»Wir haben sie«, sagte Murcks.

»Na also«, sagte ich. Opposition – merkwürdiges Wort, das mir keineswegs behagt; es erinnert mich auf so eine fatale Weise an Zeiten, die ich vergangen glaubte.

Inn, der ich beim Tee über meinen Ärger berichtete, tröstete mich.

»Erich«, sagte sie und legte mir ihre kleine Hand auf den Arm, »unserer Familie hat noch keiner widerstanden.«

Der Wegwerfer

Seit einigen Wochen versuche ich, nicht mit Leuten in Kontakt zu kommen, die mich nach meinem Beruf fragen könnten; wenn ich die Tätigkeit, die ich ausübe, wirklich benennen müßte, wäre ich gezwungen, eine Vokabel auszusprechen, die den Zeitgenossen erschrecken würde. So ziehe ich den abstrakten Weg vor, meine Bekenntnisse zu Papier zu bringen.

Vor einigen Wochen noch wäre ich jederzeit zu einem mündlichen Bekenntnis bereit gewesen; ich drängte mich fast dazu, nannte mich Erfinder, Privatgelehrter, im Notfall Student, im Pathos der beginnenden Trunkenheit: verkanntes Genie. Ich sonnte mich in dem fröhlichen Ruhm, den ein zerschlissener Kragen ausstrahlen kann, nahm mit prahlerischer Selbstverständlichkeit den zögernd gewährten Kredit mißtrauischer Händler in Anspruch, die Margarine, Kaffee-Ersatz und schlechten Tabak in meinen Manteltaschen verschwinden sahen; ich badete mich im Air der Ungepflegtheit und trank zum Frühstück, trank mittags und abends den Honigseim der Bohème: das tiefe Glücksgefühl, mit der Gesellschaft nicht konform zu sein.

Doch seit einigen Wochen besteige ich jeden Morgen gegen 7.30 Uhr die Straßenbahn an der Ecke Roonstraße, halte bescheiden wie alle anderen dem Schaffner meine Wochenkarte hin, bin mit einem grauen Zweireiher, einem grünen Hemd, grünlich getönter Krawatte bekleidet, habe mein Frühstücksbrot in einer flachen Aluminiumdose, die Morgenzeitung, zu einer leichten Keule zusammengerollt, in der Hand. Ich biete den Anblick eines Bürgers, dem es gelungen ist, der Nachdenklichkeit zu entrinnen. Nach der dritten Haltestelle stehe ich auf, um meinen Sitzplatz einer der älteren Arbeiterinnen anzubieten, die an der Behelfsheimsiedlung zusteigen. Wenn ich meinen Sitzplatz sozialem Mitgefühl geopfert habe, lese ich stehend weiter in der Zeitung, erhebe hin und wieder schlichtend meine Stimme, wenn der morgendliche Ärger die Zeitgenossen ungerecht macht; ich korrigiere die gröbsten politischen und geschichtlichen Irrtümer (etwa indem ich die Mitfahrenden darüber aufkläre, daß zwischen SA und USA ein gewisser Unterschied bestehe); sobald jemand eine Zigarette in den Mund steckt, halte ich ihm diskret mein Feuerzeug unter die Nase und entzünde ihm mit der winzigen, doch zuverlässigen Flamme die Morgenzigarette. So vollende ich das Bild eines gepflegten Mitbürgers, der noch jung genug ist, daß man die Bezeichnung »wohlerzogen« auf ihn anwenden kann.

Offenbar ist es mir gelungen, mit Erfolg jene Maske aufzusetzen, die Fragen nach meiner Tätigkeit ausschließt. Ich gelte wohl als ein gebildeter Herr, der Handel mit Dingen treibt, die wohlverpackt und wohlriechend sind: Kaffee, Tee, Gewürze, oder mit kostbaren kleinen Gegenständen, die dem Auge angenehm sind: Juwelen, Uhren; der seinen Beruf in einem angenehm altmodischen Kontor ausübt, wo dunkle Ölgemälde handeltreibender Vorfahren an der Wand hängen; der gegen zehn mit seiner Gattin telefoniert, seiner scheinbar leidenschaftslosen Stimme eine Färbung von Zärtlichkeit zu geben vermag, aus der Liebe und Sorge herauszuhören sind. Da ich auch an den üblichen Scherzen teilnehme, mein Lachen nicht verweigere, wenn der städtische Verwaltungsbeamte jeden Morgen an der Schlieffenstraße in die Bahn brüllt: »Macht mir den linken Flügel stark!« (war es nicht eigentlich der rechte?), da ich weder mit meinem Kommentar zu den Tagesereignissen noch zu den Totoergebnissen zurückhalte, gelte ich wohl als jemand, der, wie die Qualität des Anzugstoffes beweist, zwar wohlhabend ist, dessen Lebensgefühl aber tief in den Grundsätzen der Demokratie wurzelt. Das Air der Rechtschaffenheit umgibt mich, wie der gläserne Sarg Schneewittchen umgab.

Wenn ein überholender Lastwagen dem Fenster der Straßenbahn für einen Augenblick Hintergrund gibt, kontrolliere ich den Ausdruck meines Gesichts: ist es nicht doch zu nachdenklich, fast schmerzlich? Beflissen korrigiere ich den Rest von Grübelei weg und versuche, meinem Gesicht den Ausdruck zu geben, den es haben soll: weder zurückhaltend noch vertraulich, weder oberflächlich noch tief.

Mir scheint, meine Tarnung ist gelungen, denn wenn ich am Marienplatz aussteige, mich im Gewirr der Altstadt verliere, wo es angenehm altmodische Kontore, Notariatsbüros und diskrete Kanzleien genug gibt, ahnt niemand, daß ich durch einen Hintereingang das Gebäude der *Ubia* betrete, die sich rühmen kann, dreihundertfünfzig Menschen Brot zu geben und das Leben von vierhunderttausend versichert zu haben. Der Pförtner empfängt mich am Lieferanteneingang, lächelt mir zu, ich schreite an ihm vorüber, steige in den Keller hinunter und nehme meine Tätigkeit auf, die beendet sein muß, wenn die Angestellten um 8.30 Uhr in die Büroräume strömen. Die Tätigkeit, die ich im Keller dieser honorigen Firma morgens zwischen 8.00 und 8.30 Uhr ausübe, dient ausschließlich der Vernichtung. Ich werfe weg.

Jahre habe ich damit verbracht, meinen Beruf zu erfinden, ihn kalkulatorisch plausibel zu machen; ich habe Abhandlungen geschrieben; graphische Darstellungen bedeckten – und bedecken noch – die Wände meiner Wohnung. Ich bin Abszissen entlang-, Ordinaten hinaufgeklettert, jahrelang. Ich schwelgte in Theorien und genoß den eisigen Rausch, den Formeln auslösen können. Doch seitdem ich meinen Beruf praktiziere, meine Theorien verwirklicht sehe, erfüllt mich jene Trauer, wie sie einen General erfüllen mag, der aus den Höhen der Strategie in die Niederungen der Taktik hinabsteigen mußte.

Ich betrete meinen Arbeitsraum, wechsele meinen Rock mit einem grauen Arbeitskittel und gehe unverzüglich an die Arbeit. Ich öffne die Säcke, die der Pförtner in den frühen Morgenstunden von der Hauptpost geholt hat, entleere sie in die beiden Holztröge, die, nach meinen Entwürfen angefertigt, rechts und links oberhalb meines Arbeitstisches an der Wand hängen. So brauche ich nur, fast wie ein Schwimmer, meine Hände auszustrecken und beginne, eilig die Post zu sortieren. Ich trenne zunächst die Drucksachen von den Briefen, eine reine Routinearbeit, da der Blick auf die Frankierung genügt. Die Kenntnis des Posttarifs erspart mir bei dieser Arbeit differenzierte Überlegungen. Geübt durch jahrelange Experimente, habe ich diese Arbeit innerhalb einer halben Stunde getan, es ist halb neun geworden: ich höre über meinem Kopf die Schritte der Angestellten, die in die Büroräume strömen. Ich klingele dem Pförtner, der die aussortierten Briefe an die einzelnen Abteilungen bringt. Immer wieder stimmt es mich traurig, den Pförtner in einem Blechkorb von der Größe eines Schulranzens wegtragen zu sehen, was vom Inhalt dreier Postsäcke übrigblieb. Ich könnte triumphieren; denn dies: die Rechtfertigung meiner Wegwerftheorie, ist jahrelang der Gegenstand meiner privaten Studien gewesen; doch merkwürdigerweise triumphiere ich nicht. Recht behalten zu haben ist durchaus nicht immer ein Grund, glücklich zu sein.

Wenn der Pförtner gegangen ist, bleibt noch die Arbeit, den großen Berg von Drucksachen daraufhin zu untersuchen, ob sich nicht doch ein verkappter, falsch frankierter Brief, eine als Drucksache geschickte Rechnung darunter befindet. Fast immer ist diese Arbeit überflüssig, denn die Korrektheit im Postverkehr ist geradezu überwältigend. Hier muß ich gestehen, daß meine Berechnungen nicht stimmten: ich hatte die Zahl der Portobetrüger überschätzt.

Selten einmal ist eine Postkarte, ein Brief, eine als Drucksache geschickte Rechnung meiner Aufmerksamkeit entgangen; gegen halb zehn klingele ich dem Pförtner, der die restlichen Objekte meines aufmerksamen Forschens an die Abteilungen bringt.

Nun ist der Zeitpunkt gekommen, wo ich einer Stärkung bedarf. Die Frau des Pförtners bringt mir meinen Kaffee, ich nehme mein Brot aus der flachen Aluminiumdose, frühstücke und plaudere mit der Frau des Pförtners über ihre Kinder. Ist Alfred inzwischen im Rechnen etwas besser geworden? Hat Gertrud die Lücken im Rechtschreiben ausfüllen können? Alfred hat sich im Rechnen nicht gebessert, während Gertrud die Lücken im Rechtschreiben ausfüllen konnte. Sind die Tomaten ordentlich reif geworden, die Kaninchen fett, und ist das Experiment mit den Melonen geglückt? Die Tomaten sind nicht ordentlich reif geworden, die Kaninchen aber fett, während das Experiment mit den Melonen noch unentschieden steht. Ernste Probleme, ob man Kartoffeln einkellern soll oder nicht, erzieherische Fragen, ob man seine Kinder aufklären oder sich von ihnen aufklären lassen soll, unterziehen wir leidenschaftlicher Betrachtung.

Gegen elf verläßt mich die Pförtnersfrau, meistens bittet sie mich, ihr einige Reiseprospekte zu überlassen; sie sammelt sie, und ich lächele über die Leidenschaft, denn ich habe den Reiseprospekten eine sentimentale Erinnerung bewahrt; als Kind sammelte auch ich Reiseprospekte, die ich aus meines Vaters Papierkorb fischte. Früh schon beunruhigte mich die Tatsache, daß mein Vater Briefschaften, die er gerade vom Postboten entgegengenommen hatte, ohne sie anzuschauen, in den Papierkorb warf. Dieser Vorgang verletzte den mir angeborenen Hang zur Ökonomie: da war etwas entworfen, aufgesetzt, gedruckt, war in einen Umschlag gesteckt, frankiert worden, hatte die geheimnisvollen Kanäle passiert, durch die die Post unsere Briefschaften tatsächlich an unsere Adresse gelangen läßt; es war mit dem Schweiß des Zeichners, des

Schreibers, des Druckers, des frankierenden Lehrlings be-
frachtet, es hatte – auf verschiedenen Ebenen und in verschiedenen Tarifen – Geld gekostet; alles dies nur, auf daß es, ohne
auch nur eines Blickes gewürdigt zu werden, in einem Papierkorb ende?

Ich machte mir als Elfjähriger schon zur Gewohnheit, das
Weggeworfene, sobald mein Vater ins Amt gegangen war, aus
dem Papierkorb zu nehmen, es zu betrachten, zu sortieren, es
in einer Truhe, die mir als Spielzeugkiste diente, aufzubewah-
ren. So war ich schon als Zwölfjähriger im Besitz einer stattli-
chen Sammlung von Rieslingsangeboten, besaß Kataloge für
Kunsthonig und Kunstgeschichte, meine Sammlung an Reiseprospekten wuchs sich zu einer geographischen Enzyklopädie
aus; Dalmatien war mir so vertraut wie die Fjorde Norwegens,
Schottland mir so nahe wie Zakopane, die böhmischen Wälder
beruhigten mich, wie die Wogen des Atlantik mich beunruhig-
ten; Scharniere wurden mir angeboten, Eigenheime und
Knöpfe, Parteien baten um meine Stimme, Stiftungen um mein
Geld; Lotterien versprachen mir Reichtum, Sekten mir Ar-
mut. Ich überlasse es der Phantasie des Lesers, sich auszumalen, wie meine Sammlung aussah, als ich siebzehn Jahre alt war
und in einem Anfall plötzlicher Lustlosigkeit meine Sammlung einem Altwarenhändler anbot, der mir sieben Mark und
sechzig Pfennig dafür zahlte.

Der mittleren Reife inzwischen teilhaftig, trat ich in die
Fußstapfen meines Vaters und setzte meinen Fuß auf die erste
Stufe jener Leiter, die in den Verwaltungsdienst hinaufführt.

Für die sieben Mark und sechzig Pfennig kaufte ich mir
einen Stoß Millimeterpapier, drei Buntstifte, und mein Versuch, in der Verwaltungslaufbahn Fuß zu fassen, wurde ein
schmerzlicher Umweg, da ein glücklicher Wegwerfer in mir
schlummerte, während ich einen unglücklichen Verwaltungs-
lehrling abgab. Meine ganze Freizeit gehörte umständlichen
Rechnereien. Stoppuhr, Bleistift, Rechenschieber, Millime-

terpapier blieben die Requisiten meines Wahns; ich rechnete aus, wieviel Zeit es erforderte, eine Drucksache kleinen, mittleren, großen Umfangs, bebildert, unbebildert, zu öffnen, flüchtig zu betrachten, sich von ihrer Nutzlosigkeit zu überzeugen, sie dann in den Papierkorb zu werfen; ein Vorgang, der minimal fünf Sekunden Zeit beansprucht, maximal fünfundzwanzig; übt die Drucksache Reiz aus, in Text und Bildern, können Minuten, oft Viertelstunden angesetzt werden. Auch für die Herstellung der Drucksachen errechnete ich, indem ich mit Druckereien Scheinverhandlungen führte, die minimalen Herstellungskosten. Unermüdlich prüfte ich die Ergebnisse meiner Studien nach, verbesserte sie (erst nach zwei Jahren etwa fiel mir ein, daß auch die Zeit der Reinigungsfrauen, die Papierkörbe zu leeren haben, in meine Berechnungen einzubeziehen sei); ich wandte die Ergebnisse meiner Forschungen auf Betriebe an, in denen zehn, zwanzig, hundert oder mehr Angestellte beschäftigt sind, und kam zu Ergebnissen, die ein Wirtschaftsexperte ohne Zögern als alarmierend bezeichnet hätte.

Einem Drang zur Loyalität folgend, bot ich meine Erkenntnisse zuerst meiner Behörde an; doch, hatte ich auch mit Undank gerechnet, so erschreckte mich doch das Ausmaß des Undanks; ich wurde der Nachlässigkeit im Dienst bezichtigt, des Nihilismus verdächtigt, für geisteskrank erklärt und entlassen; ich gab, zum Kummer meiner guten Eltern, die verheißungsvolle Laufbahn preis, fing neue an, brach auch diese ab, verließ die Wärme des elterlichen Herds und aß – wie ich schon sagte – das Brot des verkannten Genies. Ich genoß die Demütigung des vergeblichen Hausierens mit meiner Erfindung, verbrachte vier Jahre im seligen Zustand der Asozialität, so konsequent, daß meine Lochkarte in der Zentralkartei, nachdem sie mit dem Merkmal für geisteskrank längst gelocht war, das Geheimzeichen für asozial eingestanzt bekam.

Angesichts solcher Umstände wird jeder begreifen, wie

erschrocken ich war, als endlich jemandem – dem Direktor der *Ubia* – das Einleuchtende meiner Überlegungen einleuchtete; wie tief traf mich die Demütigung, eine grüngetönte Krawatte zu tragen, doch muß ich weiter in Verkleidung einhergehen, da ich vor Entdeckung zittere. Ängstlich versuche ich, meinem Gesicht, wenn ich den Schlieffen-Witz belache, den richtigen Ausdruck zu geben, denn keine Eitelkeit ist größer als die der Witzbolde, die morgens die Straßenbahn bevölkern. Manchmal auch fürchte ich, daß die Bahn voller Menschen ist, die am Vortag eine Arbeit geleistet haben, die ich am Morgen noch vernichten werde: Drucker, Setzer, Zeichner, Schriftsteller, die sich als Werbetexter betätigen, Graphiker, Einlegerinnen, Packerinnen, Lehrlinge der verschiedensten Branchen: von acht bis halb neun Uhr morgens vernichte ich doch rücksichtslos die Erzeugnisse ehrbarer Papierfabriken, würdiger Druckereien, graphischer Genies, die Texte begabter Schriftsteller; Lackpapier, Glanzpapier, Kupfertiefdruck, alles bündele ich ohne die geringste Sentimentalität, so, wie es aus dem Postsack kommt, für den Altpapierhändler zu handlichen Paketen zurecht. Ich vernichte innerhalb einer Stunde das Ergebnis von zweihundert Arbeitsstunden, erspare der *Ubia* weitere hundert Stunden, so daß ich insgesamt (hier muß ich in meinen eigenen Jargon verfallen) ein Konzentrat von 1:300 erreiche. Wenn die Pförtnersfrau mit der leeren Kaffeekanne und den Reiseprospekten gegangen ist, mache ich Feierabend. Ich wasche meine Hände, wechsle meinen Kittel mit dem Rock, nehme die Morgenzeitung, verlasse durch den Hintereingang das Gebäude der *Ubia*. Ich schlendere durch die Stadt und denke darüber nach, wie ich der Taktik entfliehen und in die Strategie zurückkehren könnte. Was mich als Formel berauschte, enttäuscht mich, da es sich als so leicht ausführbar erweist. Umgesetzte Strategie kann von Handlangern getan werden. Wahrscheinlich werde ich Wegwerferschulen einrichten. Vielleicht auch werde ich versuchen, Wegwerfer in die Postämter zu setzen, möglicherweise in die Druckereien; man könnte gewaltige Energien, Werte und Intelligenzen nutzen, könnte Porto sparen, vielleicht gar so weit kommen, daß Prospekte zwar noch erdacht, gezeichnet, aufgesetzt, aber nicht mehr gedruckt werden. Alle diese Probleme bedürfen noch des gründlichen Studiums.

Doch die reine Postwegwerferei interessiert mich kaum noch; was daran noch gebessert werden kann, ergibt sich aus der Grundformel. Längst schon bin ich mit Berechnungen beschäftigt, die sich auf das Einwickelpapier und die Verpakkung beziehen: hier ist noch Brachland, nichts ist bisher geschehen, hier gilt es noch, der Menschheit jene nutzlosen Mühen zu ersparen, unter denen sie stöhnt. Täglich werden Milliarden Wegwerfbewegungen gemacht, werden Energien verschwendet, die, könnte man sie nutzen, ausreichen würden, das Antlitz der Erde zu verändern. Wichtig wäre es, in Kaufhäusern zu Experimenten zugelassen zu werden; ob man auf die Verpackung verzichten oder gleich neben dem Packtisch einen geübten Wegwerfer postieren soll, der das eben Eingepackte wieder auspackt und das Einwickelpapier sofort für den Altpapierhändler zurechtbündelt? Das sind Probleme, die erwogen sein wollen. Es fiel mir jedenfalls auf, daß in vielen Geschäften die Kunden flehend darum bitten, den gekauften Gegenstand nicht einzupacken, daß sie aber gezwungen werden, ihn verpacken zu lassen. In den Nervenkliniken häufen sich die Fälle von Patienten, die beim Auspacken einer Flasche Parfüm, einer Dose Pralinen, beim Öffnen einer Zigarettenschachtel einen Anfall bekamen, und ich studiere jetzt eingehend den Fall eines jungen Mannes aus meiner Nachbarschaft, der das bittere Brot des Buchrezensenten aß, zeitweise aber seinen Beruf nicht ausüben konnte, weil es ihm unmöglich war, den geflochtenen Draht zu lösen, mit dem die Päckchen umwickelt waren, und der, selbst wenn ihm diese Kraftanstrengung gelänge, nicht die massive Schicht gummierten Papiers zu durchdringen vermöchte, mit der die Wellpappe zusammengeklebt ist. Der junge Mann macht einen verstörten Eindruck und ist dazu übergegangen, die Bücher ungelesen zu besprechen und die Päckchen, ohne sie auszupacken, in sein Bücherregal zu stellen. Ich überlasse es der Phantasie des Lesers, sich auszumalen, welche Folgen für unser geistiges Leben dieser Fall haben könnte.

Wenn ich zwischen elf und eins durch die Stadt spaziere, nehme ich vielerlei Einzelheiten zur Kenntnis; unauffällig verweile ich in den Kaufhäusern, streiche um die Packtische herum; ich bleibe vor Tabakläden und Apotheken stehen, nehme kleine Statistiken auf; hin und wieder kaufe ich auch etwas, um die Prozedur der Sinnlosigkeit an mir selber vollziehen zu lassen und herauszufinden, wieviel Mühe es braucht, den Gegenstand, den man zu besitzen wünscht, wirklich in die Hand zu bekommen.

So vollende ich zwischen elf und eins in meinem tadellosen Anzug das Bild eines Mannes, der wohlhabend genug ist, sich ein wenig Müßiggang zu leisten; der gegen eins in ein gepflegtes kleines Restaurant geht, sich zerstreut, das beste Menü aussucht und auf den Bierdeckel Notizen macht, die sowohl Börsenkurse wie lyrische Versuche sein können; der die Qualität des Fleisches mit Argumenten zu loben oder zu tadeln weiß, die dem gewiegtesten Kellner den Kenner verraten, und bei der Wahl des Nachtisches raffiniert zögert, ob er Käse, Kuchen oder Eis nehmen soll, und seine Notizen mit jenem Schwung abschließt, der beweist, daß es doch Börsenkurse waren, die er notierte. Erschrocken über das Ergebnis meiner Berechnungen verlasse ich das kleine Restaurant. Mein Gesicht wird immer nachdenklicher, während ich auf der Suche nach einem kleinen Café bin, wo ich die Zeit bis drei verbringe und die Abendzeitung lesen kann. Um drei betrete ich wieder durch den Hintereingang das Gebäude der *Ubia*, um die Nachmittagspost zu erledigen, die fast ausschließlich aus Drucksachen besteht. Es erfordert kaum eine Viertelstunde Arbeitszeit, die zehn oder zwölf Briefe herauszusuchen; ich brauche mir danach nicht einmal die Hände zu waschen, ich klopfe sie nur ab, bringe dem Pförtner die Briefe, verlasse das Haus, besteige am Marienplatz die Straßenbahn, froh darüber, daß ich auf der Heimfahrt nicht über den Schlieffen-Witz zu lachen brauche. Wenn die dunkle Plane eines vorüberfahrenden Lastwagens dem Fenster der Straßenbahn Hintergrund gibt, sehe ich mein Gesicht: es ist entspannt, das bedeutet: nachdenklich, fast grüblerisch, und ich genieße den Vorteil, daß ich kein anderes Gesicht aufzusetzen brauche, denn keiner der morgendlichen Mitfahrer hat um diese Zeit schon Feierabend. An der Roonstraße steige ich aus, kaufe ein paar frische Brötchen, ein Stück Käse oder Wurst, gemahlenen Kaffee und gehe in meine kleine Wohnung hinauf, deren Wände mit graphischen Darstellungen, mit erregten Kurven bedeckt sind, zwischen Abszisse und Ordinate fange ich die Linien eines Fiebers ein, das immer höher steigt: keine einzige meiner Kurven senkt sich, keine einzige meiner Formeln verschafft mir Beruhigung. Unter der Last meiner ökonomischen Phantasie stöhnend, lege ich, während noch das Kaffeewasser brodelt, meinen Rechenschieber, meine Notizen, Bleistift und Papier zurecht.

Die Einrichtung meiner Wohnung ist karg, sie gleicht eher der eines Laboratoriums. Ich trinke meinen Kaffee im Stehen, esse rasch ein belegtes Brot, längst nicht mehr bin ich der Genießer, der ich mittags noch gewesen bin. Händewaschen, eine Zigarette angezündet, dann setze ich meine Stoppuhr in Gang und packe das Nervenstärkungsmittel aus, das ich am Vormittag beim Bummel durch die Stadt gekauft habe: äußeres Einwickelpapier, Zellophanhülle, Packung, inneres Einwickelpapier, die mit einem Gummiring befestigte Gebrauchsanweisung: siebenunddreißig Sekunden. Mein Nervenverschleiß beim Auspacken ist größer als die Nervenkraft, die das Mittel mir zu spenden vermöchte, doch mag dies subjektive Gründe haben, die ich nicht in meine Berechnungen einbeziehen will. Sicher ist, daß die Verpakkung einen größeren Wert darstellt als der Inhalt, und daß der Preis für die fünfundzwanzig gelblichen Pillen in keinem Verhältnis zu ihrem Wert steht. Doch sind dies Erwägungen, die ins Moralische gehen könnten, und ich möchte mich grundsätzlich der Moral enthalten. Meine Spekulationsebene ist die reine Ökonomie.

Zahlreiche Objekte warten darauf, von mir ausgepackt zu werden, viele Zettel harren der Auswertung; grüne, rote, blaue Tusche, alles steht bereit. Es wird meistens spät, bis ich ins Bett komme, und wenn ich einschlafe, verfolgen mich meine Formeln, rollen ganze Welten nutzlosen Papiers über mich hin; manche Formeln explodieren wie Dynamit, das Geräusch der Explosion klingt wie ein großes Lachen: es ist mein eigenes, das Lachen über den Schlieffen-Witz, das meiner Angst vor dem Verwaltungsbeamten entspringt. Vielleicht hat er Zutritt zur Lochkartenkartei, hat meine Karte herausgesucht, festgestellt, daß sie nicht nur das Merkmal für »geisteskrank«, sondern auch das zweite, gefährlichere für »asozial« enthält. Nichts ist ja schwerer zu stopfen als solch ein winziges Loch in einer Lochkarte; möglicherweise ist mein Lachen über den Schlieffen-Witz der Preis für meine Anonymität. Ich würde nicht gern mündlich bekennen, was mir schriftlich leichter fällt: daß ich Wegwerfer bin.

KiWi Paperbackreihe bei Kiepenheuer & Witsch

Heinrich Böll

Der Angriff
Erzählungen 1947-1949, KiWi 40

Ansichten eines Clowns
Roman. KiWi 278

Bild Bonn Boenisch
KiWi 143

Billard um halb zehn
Roman. KiWi 372

Brief an einen jungen Katholiken
Vorwort von Franz Alt. KiWi 116

Ende einer Dienstfahrt
Erzählung. KiWi 344

Der Engel schwieg
Roman. KiWi 345

Erinnerungen eines jungen Königs
Geschichten von Kindern. KiWi 307

Frauen vor Flusslandschaft
Roman in Dialogen und Selbstgesprächen. KiWi 144

Fürsorgliche Belagerung
Roman. KiWi 236

Der General stand auf einem Hügel...
Erzählungen aus dem Krieg. KiWi 364

Gruppenbild mit Dame
Roman. KiWi 352

Haus ohne Hüter
Roman. KiWi 10

KiWi Paperbackreihe bei Kiepenheuer & Witsch

JOSEPH ROTH

Perlefter
Die Geschichte eines Bürgers · KiWi 398

Die zweite Liebe
Geschichten und Gestalten · KiWi 301

Radetzkymarsch
Roman · KiWi 190

Rechts und Links
Roman · KiWi 88

Reise nach Rußland
Feuilletons, Reportagen, Tagebuchnotizen 1919-1930
Herausgegeben von Klaus Westermann · KiWi 378

Das Spinnennetz
Roman · KiWi 152

Der stumme Prophet
Roman · KiWi 388

Tarabas
Ein Gast auf dieser Erde
Roman · KiWi 46

Zipper und sein Vater
Roman · KiWi 110

Joseph Roth in Berlin
Ein Lesebuch für Spaziergänger
herausgegeben von Michael Bienert
Mit zahlreichen Fotografien · KiWi 419

KiWi Paperbackreihe bei Kiepenheuer & Witsch

JOSEPH ROTH

Beichte eines Mörders erzählt in einer Nacht
Roman · KiWi 367

Das falsche Gewicht
Roman · KiWi 219

Die Flucht ohne Ende
Roman · KiWi 329

Die Geschichte von der 1002. Nacht
Roman · KiWi 140

Die Zweite Liebe
Geschichten und Gestalten · KiWi 301

Hiob
Roman · KiWi 6

Hotel Savoy
Ein Roman · KiWi 178

Juden auf Wanderschaft
KiWi 81

Die Kapuzinergruft
Roman · KiWi 125

Die Legende vom heiligen Trinker
KiWi 27

Der Leviathan
Erzählung · KiWi 231

Panoptikum
Gestalten und Kulissen · KiWi 35

KiWi Paperbackreihe bei Kiepenheuer & Witsch

HENRY JAMES
BILDNIS EINER DAME

Roman

Titel der Originalausgabe: *The Portrait of a Lady*
Aus dem Englischen von Hildegard Blomeyer
KiWi 401

Ein Meisterwerk des psychologischen Romans, in dessen
Mittelpunkt eine junge Amerikanerin steht, die in Europa
dank einer großen Erbschaft eine äußerlich glanzvolle, sie
aber nicht glücklich machende Ehe eingeht.

KiWi-Paperbackreihe bei Kiepenheuer & Witsch

Herbert Rosendorfer
Das selbstfahrende Bett

Eine Sternfahrt

KiWi 420
Originalausgabe

Diese bislang unveröffentlichte Erzählung von Herbert
Rosendorfer ist ein Kabinettstück des rosendorferschen
Humors, seiner meisterhaften Charakterzeichnung und
Handlungsführung. Die Geschichte einiger mehr oder min-
der liebenswerter Figuren sowie der durchschlagenden Wir-
kung eines Renaissancebettes.

KiWi Paperbackreihe bei Kiepenheuer & Witsch

UWE TIMM
DIE ENTDECKUNG DER CURRYWURST
Novelle

KiWi 380

Wie schmeckt die Erinnerung? Und wie kommt es zu großen und kleinen Entdeckungen? Der Erzähler will es wissen
und besucht eine Frau, von der er glaubt, sie habe die Currywurst entdeckt. Aber zunächst erzählt sie eine ganz andere
Geschichte: von ihrem Liebesverhältnis zu einem Soldaten
im April '45. Und dann erweist sich die so alltäglich begin-
nende Geschichte doch als eine unerhörte Begeben-
heit . . .

». . . eine ebenso groteske wie rührende, phantastische wie
im konkreten Alltag verwurzelte Liebesgeschichte.«

Die Woche

»Es ist höchst unterhaltsam, wie geschickt Mr. Timm uns
dazu bringt, in dem fettigen Stück Wurst auf unseren Papp-
tellern eine Melange aus persönlichem Schicksal und dem
historischen Moment zu sehen.«

New York Times Book Review

KiWi Paperbackreihe bei Kiepenheuer & Witsch

SERGIUSZ PIASECKI
DER GELIEBTE DER GROSSEN BÄRIN
Roman
Deutsch von Günter Walzel

KiWi 431

Der berühmt-berüchtigte polnische Schmuggler Sergiusz
Piasecki erzählt von seinem wilden Leben an der polnischen
Grenze und von Abenteuern, die phantastischer sind als die
kühnsten Phantasien.

»Hier wird erzählt und hier gibt es was zu lesen … Man wird
vieles in diesem Buch finden, was das Lesen lesenswert
macht: Das Abenteuer der Nächte und die Nöte des Tages,
einen wölfischen Lebenshunger und gleichermaßen wöl-
fisches Glück.«   *Siegfried Lenz*

KiWi Paperbackreihe bei Kiepenheuer & Witsch